A SOMBRA DO ARCO-ÍRIS

(2ª EDIÇÃO)

Editora Appris Ltda.
2.ª Edição - Copyright© 2024 do autor
Direitos de Edição Reservados à Editora Appris Ltda.

Nenhuma parte desta obra poderá ser utilizada indevidamente, sem estar de acordo com a Lei nº 9.610/98. Se incorreções forem encontradas, serão de exclusiva responsabilidade de seus organizadores. Foi realizado o Depósito Legal na Fundação Biblioteca Nacional, de acordo com as Leis nos 10.994, de 14/12/2004, e 12.192, de 14/01/2010.

Catalogação na Fonte
Elaborado por: Josefina A. S. Guedes
Bibliotecária CRB 9/870

G719s 2024	Gouveia, Ataíde A sombra do arco-íris / Ataíde Gouveia. 2. ed. – Curitiba: Appris, 2024. 216 p. ; 23 cm. ISBN 978-65-250-6046-0 1. Ficção brasileira. 2. Poesia brasileira. 3. Evolução. I. Título. CDD – B869.3

Appris *editora*

Editora e Livraria Appris Ltda.
Av. Manoel Ribas, 2265 – Mercês
Curitiba/PR – CEP: 80810-002
Tel. (41) 3156 - 4731
www.editoraappris.com.br

Printed in Brazil
Impresso no Brasil

Ataíde Gouveia

A SOMBRA DO ARCO-ÍRIS

(2ª EDIÇÃO)

FICHA TÉCNICA

EDITORIAL	Augusto V. de A. Coelho
	Sara C. de Andrade Coelho
COMITÊ EDITORIAL	Marli Caetano
	Andréa Barbosa Gouveia - UFPR
	Edmeire C. Pereira - UFPR
	Iraneide da Silva - UFC
	Jacques de Lima Ferreira - UP
SUPERVISOR DA PRODUÇÃO	Renata Cristina Lopes Miccelli
PRODUÇÃO EDITORIAL	Sabrina Costa
REVISÃO	Katine Walmrath
DIAGRAMAÇÃO	Maria Vitória Ribeiro Kosake
CAPA	Lívia Costa
	Ataíde Gouvêa

*A J. M. Pereira, companheiro de múltiplas jornadas,
a quem se pode chamar amigo.*

*Todo dia acho graça
do que eu pensava ontem.*

Os derradeiros raios do arrebol pintavam na linha do horizonte uma tela púrpura, uma paisagem que defrontava beleza e tragédia, num lúgubre prenúncio de longa estiagem que se avizinhava no agreste.

O persistente silêncio foi quebrado pelo prosear de um galo rouco, atraindo as derradeiras três galinhas para o poleiro, no galho do limoeiro já desfolhado. A noite ia cair por completo no ermo.

Sentado na vara roliça do cercado, com as costas apoiadas num mourão, Alcides matutava, observando a inóspita paisagem. Já não convinha cavar novos matumbos.

Um bando de maritacas vinha das bandas do Moxotó, quiçá buscando guarida mais segura de água e sementes na região da zona da mata. Alcides observou as aves. Lentamente esticou o braço esquerdo à altura da cabeça. A mão direita fechada abriu o indicador e o polegar simulou levantar o cão. Apenas o olho esquerdo aberto dormiu na mira e o indicador roçou o gatilho imaginário enquanto o braço esticado acompanhava, num lerdo deslocamento, o passar de uma das aves retardatárias. A boca quase cerrada emitiu um leve *pááá!* O bando, alheio à ensaiada ameaça, seguiu sua arribação, fazendo algazarra lá na linguagem própria de pássaros de bico redondo, para as bandas do litoral. Subitamente, mudou seu itinerário numa guinada à direita, certamente decidido pelo "Velho Chico", mais próximo e mais sossegado. Assim cismou o caboclo.

Outra baforada do cigarro de palha. A fumaça esbranquiçada subiu verticalmente. O sertanejo pensou: Tá morto o vento.

Inácio, o filho macho único, vinha subindo pelo caminho da cacimba. Na mão, um jerimum tiguera; no ombro, uma enxadinha. Aproximou-se do pai e encostou-se na cerca.

— Água tá pouca, resmungou, resumindo naquelas três palavras o matutar do pai.

— *Humm!*, comentou, sem olhar para o filho. As maritacas já haviam desaparecido naquela imensidão.

A porta se abriu com lentidão e rangido, deixando sair fraca iluminação da lamparina. Dona Iria aproximou-se da taciturna dupla e anunciou indiferente:

— Nasceu, é macho. Na casa, uma criança chorava.

Alcides apenas grunhiu outro *humm!* e Inácio correu para dentro.

A parteira, lentamente, com a satisfação do dever cumprido, tomou o caminho do algodoal, cuidando que já tinha feito pela família tudo que estava ao seu alcance. Era mais uma criatura que ela ajudava a vir à luz para sofrer nesse mundão de Deus; isso se lograsse viver, vencendo a crueldade daqueles confins.

O sertanejo espreguiçou; esfregou a brasa do cigarro na cabeça do mourão e prendeu a ponta apagada atrás da orelha. Com lentidão desceu da cerca e, feito autômato, entrou, dirigindo-se ao quarto sombrio. Delma ressonava tranquila no catre, com o pequeno rebento ao lado, envolto em rústicos panos. Alcides observou o quadro sem sensação aparente.

— Três, pensou.

A filha, Rosa, teimava com alguns tições, tentando reviver o fogão. Numa espécie de jirau, Inácio picava o jerimum. Ao lado, uma pequena bacia com o jabá e uma cuia de farinha. Mais uma refeição seria preparada.

— Pegue a galinha, determinou o pai. Poucas horas depois, uma canja rala foi servida à parturiente. Lá fora, Badu, o cão já quase cego pela idade avançada, regalava-se com restos da ceia.

Não havia berço. A vinda do terceiro filho fora súbita, inesperada.

Rosa deitou-se ao lado da mãe, com extremo cuidado para não incomodar o recém-nascido. Inácio esticou-se em seu catre na diminuta sala ao lado do pai, acomodado na rede.

— Agora somos cinco, concluiu Alcides. Qual será o fim de cada um de nós?, perguntou, mudo, à escuridão. E na escuridão relembrava os nomes e fatos: ele, Alcides de Assis Santana; a mulher, Delma de Jesus Tomaz Santana, ambos casados há... contou nos dedos — onze anos, no civil e no religioso, com véu e tudo. A filha, Rosinha, na verdade, Rosa de Jesus Santana, nove anos, e o filho, Inácio Cardoso Santana, dez anos. Por um momento, esqueceu-se do último, uma espécie de intruso, inesperado.

— Esse vai ser Deraldo, decidiu. E como Deraldo de Assis Santana foi o caçula registrado e batizado uma semana mais tarde em Tupanatinga. Rosinha e Inácio tiveram a incumbência de apadrinhar a criança na igrejinha da vila.

Os meses passaram rápido com a família vivendo suas dificuldades, na labuta diária contra os rigores do agreste. Comiam o que podiam extrair da terra castigada pela escassez de chuva; eventualmente, alguma caça.

As notícias da estiagem chegavam de outras regiões, dando conta do drama que já assolava a parte oeste do estado. Sabiam que a seca logo atingiria, sem piedade, o agreste. Sem prenúncio de chuvas, a luta contra o drama que se avizinhava era desfavorável à família que se sabia derrotada; era questão de tempo.

Num domingo, quase noite, Alcides e Inácio chegaram da vila. Para a mulher ele disse sorumbático:

— Tem gente indo embora, a seca vem brava.

— Tem que vender?, indagou Delma.

— Coronel Antunes compra. Vai fazer irrigação.

— Se a gente tivesse dinheiro...

— É.

Nesse curto diálogo, ficou decidido que o pequeno sítio conseguido a duras penas havia onze anos, seria vendido logo após a colheita do algodão, que pouco representava, assim como a rocinha de milho e macaxeira. O feijão já estava ensacado e negociado com o próprio coronel. Três sacas ao todo.

Para onde ir era o problema do casal. Garanhuns, Petrolina, Caruaru e até o Recife estavam apinhados de flagelados vindos de diversas regiões aonde a seca chegara mais cedo.

— São Paulo, sugeriu Rosinha, temerosa de ralha.

— Vai acontecer com a gente o que aconteceu com compadre Lourenço, que ficou no mato sem cachorro porque não tinha profissão, retrucou o pai.

— E... lá já foi bom, completou Delma, considerando que pai e filhos estavam na mesma situação do compadre que não tinha estudos. Todavia, lá no fundo de seu íntimo, ela já imaginava o lugar onde talvez pudesse viver com a família sem a constante presença da ameaça de seca. Opinaria quando fosse hora apropriada. Era a primeira vez que Rosinha presenciava uma discussão em família buscando alternativas, com a participação de todos. Alcides, em sua maneira embrutecida, sempre fora imperativo. Não que fosse mau. Era a carência de vida mais amena, sabia-o a mulher. Até Deraldo, com pouco menos de um ano, resmungou na rede. Leve sorriso esboçou-se nos lábios da mãe.

Com a mesma dúvida, todos se acomodaram para dormir. A mesma pergunta apoderava-se de todos: para onde?

No município de Caconde, interior do estado de São Paulo, estava sendo construída uma grande obra pública. O engenheiro responsável, doutor Valério, já havia se acostumado a carregar a família de cidade em cidade, de estado em estado, deslocando-se conforme as transferências a que era submetido, de acordo com as necessidades e conveniência da empreiteira. Da Bahia, onde trabalhava na Paulo Afonso, fora transferido para a desconhecida Caconde.

À margem do rio Pardo, levantou-se um grande acampamento, uma verdadeira vila com cerca de mil casinhas de madeira, circundando o núcleo do povoado, onde cinco ou seis construções de alvenaria funcionavam como moradia para acomodar os chefes, escritório e um grande armazém. Mais de três mil pessoas viviam direta ou indiretamente daquela obra, contando-se os operários da cidade a cerca de cinco quilômetros, que eram transportados diariamente em caminhões para juntarem-se ao pessoal do acampamento, a maioria vinda de localidades distantes, grande parte do Norte e Nordeste.

Foi com João Tomaz, um nativo daquele lugarejo, que Valério fez a primeira e sincera amizade. João Tomaz rapidamente tornou-se seu homem de confiança, seu único confidente, seu braço direito. Duas pessoas, que nunca haviam se encontrado antes, se uniram com tanta rapidez e aceitação mútua, assim como ocorreu também entre Dona Aparecida, esposa do peão, e Dona Elvira, esposa do engenheiro. Ambos os casais tinham apenas uma filha cada, sendo Lúcia, de três anos, filha de Valério e Elvira, e aquela a quem chamavam "Dé", três anos mais velha, a filha de João e Aparecida.

A amizade entre os pais estendeu-se às crianças, que formaram uma dupla inseparável. Frequentemente, uma dormia na casa da outra. Juntas tomavam banho, comiam e brincavam; a mais velha sempre cuidando da mais nova.

Assim passou-se um ano. Numa amizade sempre crescente vivia Lúcia com a inseparável amiguinha Dé.

Valério sempre soube que um dia seria novamente transferido para outra obra e em diálogo com a mulher já previam a dificuldade em separar as duas crianças. Elvira preferia esperar pelo fato para preocupar-se. Dizia que "antecipar pela imaginação os males que estão para vir é sofrer duas vezes", mas também tinha consciência da dificuldade que teriam em separá-las.

Uma vez, em conversa com João e Aparecida, Valério sondou uma possibilidade que acalentava há algum tempo, comentando em tom de brincadeira que queria "comprar" Dé para levá-la consigo quando tivesse que ir embora. No mesmo tom de brincadeira, Aparecida asseverou que se juntassem todo o dinheiro existente no mundo não comparariam sequer os cabelos da menina. Valério compreendeu que suas esperanças naquele sentido eram infrutíferas.

Esperaria, daria tempo ao tempo. Talvez a firma decidisse deixá-lo em Caconde, até sua aposentadoria, que não estava tão distante.

As relações entre as duas famílias continuavam em ímpar harmonia e as meninas a cada dia se estimavam mais. João era encarregado de transporte. Conhecia todos os peões da cidade, que eram estranhos para Valério. Este, por sua vez, conhecia os moradores do acampamento, os quais, em sua maioria, tinham vindo transferidos de outras obras e trabalhado sob suas ordens em muitas delas. Logo que começou a brotar a amizade entre ambas as famílias, Valério destinou uma casa do acampamento à família de João, que deixou a cidade, passando a residir próximo à casa do chefe. Não havia uma relação formal entre chefe e subordinado, mas sim um relacionamento fraterno, até porque João, experiente que era, sabia manter, em serviço, a distância hierárquica que os separava. Era o ponto de apoio do engenheiro e seu principal porta-voz junto aos companheiros da cidade.

Numa manhã, chegou um memorando do comando da firma em São Paulo, solicitando a presença de Valério no escritório central com urgência. O fato, sem ser corriqueiro, era normal, e Valério partiu logo que lhe foi possível para a reunião com a diretoria. Voltou dois dias depois. Lúcia foi a primeira a disparar ao seu encontro, abraçando-o com euforia, seguida de Dé. Carregando ambas nos braços, juntou-se à esposa e falaram sobre a viagem. Elvira percebeu que o marido não lhe contava o real motivo da convocação e, somente quando ele saiu para o canteiro de obras, já no portão, deu-lhe a notícia: sua transferência para Paulo Afonso, na Bahia, estava decidida.

Teriam que deixar Caconde até o início do mês. Próximo da aposentadoria, ele relutava entre aceitar aquela imposição e deixar a firma, interrompendo a promissora carreira que tanto sacrifício lhe custara. Abraçando-o Elvira disse-lhe:

— Haveremos de dar um jeito.

Valério afastou-se cabisbaixo. Não teve coragem de falar sobre o assunto com a filhinha. A mãe, que naturalmente tem mais tato para ocasiões delicadas, chamou Lúcia, que brincava sozinha no quarto, e contou-lhe sem rodeios que iriam embora. A menina pareceu subir às nuvens de felicidade, curiosa por conhecer novos lugares e uma cidade grande como aquelas que ela via nas revistas. Seu entusiasmo, porém, foi refreado e, repentinamente, quis saber da mãe:

— A Dé vai?

— Não, minha filha, não é possível levá-la.

— Então fico!, exclamou a criança resoluta, afastando-se já indiferente à novidade. Dona Elvira pegou-a carinhosamente pelas mãos e pediu-lhe que fosse compreensiva, que um dia a amiguinha iria também, mas nada a convencia; não deixaria sua amiguinha por nada. Então a mãe foi um pouco mais dura, afirmando-lhe que não havia meio de deixá-la, que sentia, porém ambas teriam que se separar, talvez temporariamente, mas que naquele momento a separação era inevitável. Lúcia, que raramente chorava, se abriu em prantos e, para o desespero da mãe, desvencilhou-se de seus braços, saindo em disparada pela porta da sala.

Dona Aparecida vinha chegando com um prato de doce caseiro. Ao ver a cena, jogou o prato sobre a mesinha e saiu, seguida de Elvira, no encalço da criança que corria desesperada em busca do pai. As três seguiam pela ruazinha onde a família residia. Elvira, mais lenta, um pouco atrás.

Aparecida estava quase alcançando a menina, quando, descendo a rua principal, um caminhão tocou, insistentemente, a buzina. Num esforço desesperado, a pobre mulher jogou-se contra a criança na tentativa de tirá-la da frente do veículo, que não pôde ser freado a tempo. Seu heroico esforço foi, porém, em vão. Imediatamente Elvira chegou aos gritos, encontrando ambas se esvaindo em sangue no chão.

Quando Valério, avisado às pressas, chegou ao local, a filha e a boa Aparecida estavam mortas. Ele já havia se acostumado a presenciar acidentes fatais nas obras em que trabalhava, mas aquilo era demais até para sua longa experiência de vida. Ficou inerte, abraçado à esposa, a observar incrédulo dois corpos sobre a poça de sangue que se formara no leito da rua de terra batida.

Repentinamente, chegou o amigo João Tomaz. Abriu espaço com decisão entre os curiosos, preocupado em dar ajuda, qualquer que fosse a necessidade. Ao deparar com aquele quadro, ficou fora de si. Apenas perguntou:

— Quem foi?

— O caminhão do Roque Preto, respondeu alguém inadvertidamente. Como uma mola, ele se soltou dos braços de um companheiro que tentava dar-lhe algum consolo, e saiu em disparada rumo à sua casa. Cerca de um minuto após, retornava ao local com a mesma rapidez. No olhar a ira incontida, no rosto a expressão de um animal enfurecido; na mão um grande facão. O caminhão encontrava-se perto de vinte metros do local do acidente rua abaixo, onde o pobre motorista, sentado no chão, encostado num dos pneus, ainda procurava conter os soluços. Não tivera a menor culpa. Esperava a polícia que em breve chegaria da cidade para realizar a ocorrência. Quando percebeu João investindo, levantou-se rapidamente e começou a correr. Por duas vezes a poderosa arma foi brandida no ar, passando a centímetros da cabeça do inocente negro. Cego pela cólera, João não ouvia os companheiros que tentavam fazê-lo entender a situação do motorista que, desesperado, só pensava em refugiar-se em casa onde chegou exausto. Não teve tempo de fechar a porta. João continuava totalmente fora de si. Instintivamente, entrou no quarto e agarrou a cartucheira de caça, que guardava sempre carregada. Um único tiro, a menos de três metros de distância, encheu o quartinho de fumaça. João cambaleou; olhou surpreso para o negro e desfaleceu. Uma grande mancha avermelhada surgia-lhe no peito quando soltava o facão para cair, irremediavelmente morto.

Dois dias depois de cuidar dos velórios e sepultamentos, a família deu início ao processo de adoção da menininha órfã. Tudo correu sem embaraços. Apenas um tio vivo, um certo José Tomazinho, podia chamar para si a incumbência da guarda da criança, mas reconhecendo no doutor Valério e em Dona Elvira um casal idôneo e competente para dar-lhe uma vida digna e educação necessária, abriu mão, oficialmente, de qualquer direito que pudesse ter.

Um mês depois, o casal levava a menininha para seu novo lar, na Bahia. Antes, ela e a nova mãe passaram uma semana em São Paulo, onde Elvira tinha seus parentes. A mudança seguira para a Bahia, num caminhão da empreiteira, onde uma casa alugada estava à disposição da família.

Em São Paulo, em companhia de Elvira, a criança esquecia-se dos pais verdadeiros e de seu drama. Visitou tudo que lhe foi possível. Museus, parques, cinemas, lojas, e andou por quase toda a cidade. Após quatro dias seguiram definitivamente para Paulo Afonso, onde Valério já se encontrava instalado, cuidando da arrumação da mudança e familiarizando-se com o novo ambiente de trabalho.

A menina foi criada com todo o carinho. A ela era dedicada a vida, principalmente do pai adotivo, que transferiu para aquele anjinho o amor que tinha pela filha verdadeira. Caconde era um capítulo distante deles e raramente se falava em alguma passagem de suas vidas naquela cidade.

Quando ela completava dezessete anos, nova desgraça lhe assolou a existência. Morreu-lhe o pai adotivo, aquele homem que, por tantos anos, não soube viver para outra finalidade, senão a de dar-lhe todos os momentos de felicidade possíveis.

Para Elvira e Dé, aquele foi um golpe ainda mais dolorido que as perdas sofridas em Caconde.

Doravante, apesar de poderem viver despreocupadas, com uma situação financeira sólida e garantida pela pensão herdada, teriam que carregar a dor pela perda daquele esteio que em tudo apoiava a família; que era o ponto firme e decisivo de união, um exemplo de amor, compreensão e moralidade.

Além daquela perda irreparável, Elvira sabia que não teria por muitos anos a filhinha adotiva. Sua beleza e meiguice eram indícios certos de que, em breve, alguém a roubaria, entraria em seu jovem coração e talvez a carregasse para outras paragens, para onde ela, Elvira, certamente não poderia acompanhá-los. Sabia que seu destino final seria junto dos parentes em São Paulo. Essa certeza fazia chagas em seu coração, mas não queria interferir no destino da menina, a menos que fosse obrigada a arrancá-la das mãos de um aventureiro qualquer, que não lhe merecesse o amor e a beleza.

Logo, para amenizar a dor e as recordações esparramadas pelos enormes compartimentos da casa, deixaram o imóvel que lhes era oferecido pela empreiteira e alugaram um outro mais modesto, onde passaram a viver e conviver com as lembranças a cada dia mais amenas, paulatinamente mitigadas.

Um ano passado da morte do pai adotivo, Dé acompanhava Elvira à feira, aonde iam todos os domingos. Ao passar por uma barraca simples, que oferecia grande variedade de produtos agrícolas da região, ela parou. Elvira não se deu conta e continuou examinando, de barraca em barraca, os legumes, as frutas, artesanatos, carnes e queijos.

Por trás de um rústico balcão de varas roliças, a filha descobrira entre os produtos à venda uma coisa que lhe prendeu a atenção mais do que costumeiramente, aliás, de uma maneira nunca ocorrida antes. Era um rapaz de tez morena, bastante queimado do sol, olhos esverdeados e cabelos negros encaracolados. Usava um avental bastante puído e até sujo. A barba por fazer e o forte aspecto físico davam-lhe aparência daqueles gladiadores que ela tanto admirava no cinema. O olhar tímido fugia ao seu. A cabeça baixa demonstrava respeito, porém nos olhares fugazes não escondia de todo a admiração pela beleza da mocinha.

Foi ela quem tomou a iniciativa do diálogo. Sem outra alternativa que lhe viesse à mente no momento, agarrou qualquer coisa sobre a banca, perguntando ao moço:

— Quanto? A resposta surgiu evasiva e quase inaudível. Ambos não conseguiam se falar normalmente. A moça não era tão tímida; ao contrário, até umas improvisadas peças de teatro conseguira, uma vez, encenar com a família e algumas amigas, mas, diante daquele moço, parecia captar e incorporar em si aquela falta de jeito, aquela coisa que lhe causava um nó na garganta, que lhe fazia disparar o coração e tornar vazio o cérebro, sem pensamentos, sem vontade de raciocinar. Apenas sorria. Leves sorrisos mudos. As mãos inquietas não encontravam paradeiro. Já não sabia para que elas lhe serviam. Não sabia onde colocá-las. Não sabia o que falar, o que pensar, o que fazer. Elvira veio tirar-lhe daquela espécie de transe. Agarrou-lhe carinhosamente o braço, conduzindo-a para a saída da feira. Ela deixou-se levar por cerca de dez metros, sem resistência, sem vontade própria. Subitamente, porém, ao se dar conta de que ia indo embora, distanciando-se daquele espécime que lhe causara tão estranha emoção, parou, bruscamente, virando-se para trás. A mãe, surpresa, viu o olhar quase desesperado que ela dirigia à barraca. Notou também o rapaz de olhar parado, feito sapo hipnotizado, sem parecer ouvir os fregueses que sacudiam à sua frente alguns produtos que desejavam comprar.

Elvira, com um puxão mais forte, tirou a filha daquele estado de desligamento. Nada comentou, mas sua experiência e seu coração naquele momento lhe asseguravam que o temido dia finalmente estava para chegar.

A mocinha passou aquela semana como se vivesse nas nuvens. Nada lhe interessava, nada lhe prendia a atenção. À noite, quase não conseguia dormir. Pouco falava, pouco comia. Elvira preferiu não interferir; achava que conhecia as respostas para todas aquelas transformações, mas que qualquer iniciativa para contê-las ou incentivá-las dependeria do que acontecesse na feira no próximo domingo.

Nas longas e quentes noites, na cama, Dé ensaiava, como se fosse uma importante peça de teatro, um diálogo que gostaria de ter mantido com o rapaz. Escolhia com cuidado as palavras, o tom de voz, o assunto. Era preciso jeito para que a timidez dele não contagiasse todo o clima. Sabia, porém, que não somente a ele podia atribuir a dificuldade do diálogo. Ela, principalmente, agira como idiota. A ela cabia perguntar mais, exibir-se, arrancar a voz do peito daquele ser diferente, daquele Adônis mudo e totalmente sem jeito.

Finalmente chegou o domingo. Contrariando tudo que era costume até então, a mocinha levantou-se antes da mãe. Preparou o café e começou a fazer uma lista de coisas de que precisariam para a semana. Tentou, inutilmente, lembrar-se da maioria dos produtos à venda na sua, agora, banca predileta. Elvira veio tirar-lhe daquela concentração.

— Está muito bom o seu café. Nenhuma resposta.

— Está pronta para ir à feir...

— Sim!, gritou eufórica, sem esperar a mãe concluir a frase. Uma hora mais tarde, ambas entravam pela ruazinha que dava na feira. O coração da mocinha acelerava-se à medida que se aproximavam do local daquela barraca, a única que lhe interessava. De longe avistou o cenário. Uma barraca, naquele dia um pouco maior, assim como maior era o movimento de pessoas à sua volta.

Seus olhos passavam sobre os produtos, procurando ver, lá dentro, aquilo que realmente buscava, e lá estava ele. Não aquela figura ridícula, inerte e muda que ela deixara no último domingo, mas um jovem bem barbeado, cabelos cuidadosamente penteados, avental impecavelmente limpo. Gesticulava, sorria e brincava com os fregueses. Agia assim, até que pôs os olhos na mocinha parada à sua frente. Repentinamente, perdeu o jeito. Deixou de falar com os fregueses; escondeu o sorriso, baixou a cabeça e procurava disfarçar a falta de ação, cortando, nervosamente, um melão ao meio. A mocinha decidiu que naquela oportunidade a barreira seria rompida. Sugeriu a Elvira que descesse a rua à procura do peixe de que precisavam para o almoço. A mãe entendeu a intenção da filha e atendeu-a como um cãozinho bem amestrado. Afastou-se lentamente, calculando o tempo que precisaria andar por entre as barracas até que os dois jovens se entendessem. Sabia, desde o último fim de semana, que aquele segundo encontro se tornaria inevitável. Melhor enfrentar tudo de uma vez, imaginou.

Lá dentro da barraca, o moço finalmente conseguiu levantar os olhos e colocar-se à disposição da freguesa especial. A maior parte das pessoas, atendidas ou não, saía em demanda de outros produtos, de outros preços. Decidida, ela iniciou a conversa exaustivamente ensaiada durante as longas noites. Para sua alegria, ele aos poucos foi também se soltando, respondendo normalmente às suas perguntas e até formulando outras, se bem que, ridiculamente, resumidas. Em breve, porém, conversavam como conhecidos. Dé conseguira empregar as táticas ensaiadas, de maneira a deixar o rapaz à vontade, e sua tentativa ia, rapidamente, encontrando sucesso. Ele não era baiano, conforme explicava, e nem era dono da banca. O negócio pertencia a um tio que, praticamente inválido, confiara a ele o comando daquele e de outros empreendimentos que possuía. Era órfão de pai e mãe e não tinha outros parentes vivos, ao menos que conhecesse ou de que soubesse. Ela também falou muito de si. Apenas a parte da infância, da tragédia ocorrida com os pais, foi omitida. Nem mesmo com Elvira gostava de tocar no assunto. Agora adulta, tudo o que queria era ignorar, completamente, aquela fase da infância, reforçando a cada dia, em seu íntimo, a imagem dos pais adotivos como verdadeiros, substituindo totalmente aqueles de quem ela tinha apenas vagas recordações, já não muito dolorosas.

Elvira se aproximava do casal e a mocinha, que ainda não tinha comprado nada, apanhou, rápida e desajeitadamente, uns maços de verduras e legumes, procurando disfarçar o mau jeito. A mãe veio ao seu socorro.

Cumprimentou amigavelmente o moço da barraca e, observando-o mais atentamente, entendeu por que a filha se deixava prender, se deixava cativar por um desespero notório durante toda a semana. Era, realmente, um homem de notável beleza e simpatia. Lembrou-se do marido que sempre asseverava: "Quando não se pode combater, deve-se aderir". Com esse pensamento e, para espanto dos dois jovens, convidou o moço a almoçar com elas. Ele, sem saber como esconder a surpresa, explicou que naquele dia não lhe seria possível, pois ficaria na feira até muito tarde.

— Para jantar talvez, reiterou Elvira. Para o jantar era-lhe possível e ele apenas balançou a cabeça verticalmente, esboçando leve sorriso.

Por volta das cinco horas da tarde, o moço feirante tocou a campainha. Foi Elvira quem o recebeu, acolhendo-o na sala. Chegara mais cedo do que esperavam. O jantar ainda estava no fogo. Dé saía do banho e enrolada numa grande toalha azul atravessou a sala sem perceber a presença dele. Elvira chamou-a e ela, ao voltar-se, quase teve um ataque. Tanto batia o coração, que ela julgou fosse soltá-lo pela boca. Instintivamente apertou ainda mais a toalha ao corpo e sumiu pelo corredor, sem saber o que fazer ou pensar. Dez minutos depois, como se nada houvesse acontecido, entrou na sala, cumprimentando sorridente o rapaz. Ele jamais havia visto tanta beleza numa mulher. Registrara a imagem da mocinha com os cabelos lisos, respingando água e as mais belas pernas que já vira totalmente descobertas até as coxas. O ambiente estranho ao seu modo de vida e a exuberância da moça provocaram no rapaz um estado de hipnose como o do primeiro encontro na feira. Tinha terríveis dificuldades para comunicar-se e sentia-se totalmente perdido naquela casa, diante daquela deusa de beleza tão simples. Elvira deixou ambos na sala e foi dar o toque final que faltava aos pratos. A moça, percebendo que ele não estava à vontade, apanhou uma garrafa de conhaque. Nunca havia provado sequer uma gota daquela bebida, mas serviu dois copos, da maneira que sempre via o pai adotivo fazer. Estendeu um deles ao rapaz. Ele, ávido por buscar em seu interior forças para manter-se calmo, tomou de um só gole todo o líquido. Ela recolheu o copo vazio e, imediatamente, estendeu o outro cheio ao moço que, inconscientemente, o agarrou, repetindo o gesto anterior. Quando se deram conta, dois copos já estavam vazios. Ela buscou pela garrafa, mas ele, rapidamente, levantou a mão, fazendo-a entender que era o bastante. Também não era dado à bebida. Em poucos minutos, o efeito do álcool se fez sentir. Ele destravou de vez a língua e falava pelos cotovelos. Riam.

Riam como ambos nunca tinham rido antes, quando Elvira veio convidá-los à mesa. O jantar transcorreu em clima de sobriedade e harmonia. O moço esforçava-se por conter a língua e as ideias frente a Elvira, que ria de suas estórias.

Quando falou sobre o futuro, disse, com firmeza e até uma certa ponta de orgulho, que não ficaria por muito tempo em Paulo Afonso. Ajudaria o tio até o resto de seus dias, que, sabia, não seriam muitos. Depois ajuntaria o que lhe pertencesse, venderia o que pudesse e se embrenharia no Pernambuco, seu estado natal, onde pretendia, algum dia, fixar-se em seu próprio pedaço de terra. Um lampejo de tristeza passou pelos olhos da mocinha. O sonho, mal iniciado, já projetava um final trágico para o seu coração. Elvira, por sua vez, viu naqueles planos algo perfeitamente realizável. Ideias firmes e bem estruturadas, perfeitamente possíveis de serem levadas adiante. Todos devem ter um ideal a perseguir para que encontrem na vida motivos para levá-la adiante, pensou. Aquele era um moço que sabia o que pretendia da vida.

Conversaram ainda até perto das dez horas, quando ele se despediu e a moça o acompanhou até o portão. Por entre as cortinas, a mãe pretendia a visão de um beijo entre ambos, porém, envergonhada, voltou para a poltrona. Não tinha direito de espionar.

Lá fora, a despedida se deu sem nenhuma novidade das esperadas pela romântica mocinha. Ele apertou-lhe a mão e afastou-se. Ela, porém, deu alguns passos em sua direção e, com aquele jeito que só as mulheres sabem usar, pediu-lhe que voltasse no sábado seguinte para irem juntos ao circo que havia chegado na cidade.

Como recusar? Como dizer não àquela princesa que cativava seu coração? Concordou.

No sábado, quando começava a escurecer, ele foi recebido pela moça no portão. Desta feita, nem chegou a entrar. Cumprimentou Elvira com respeito e dirigiram-se para o local do circo, que não ficava longe. Não entraram. Ficaram conversando em um dos bancos da praça próxima até tarde.

Quando voltaram, com uma xícara de café a lhe tremer nos dedos, ali, na sala, oficializou o namoro, como era costume, solicitando a anuência de Elvira, que, sorrindo daquela atitude, disse que fazia gosto, porém queria tudo limpo e claro. Não admitiria mexericos entre as amigas e os vizinhos.

Achava engraçado o pedido de um namoro que já havia começado, praticamente, duas semanas atrás. O moço concordava com tudo, com o insubstituível *sim, senhora* e o balançar vertical da cabeça. Era tudo que podia fazer diante da imensa felicidade que sentia.

Seis meses mais tarde, casavam-se, na cidade de Paulo Afonso, Alcides de Assis Santana e Delma de Jesus Tomaz Santana, a Dé.

Moraram na casa do tio durante quatro meses. Quando o velho morreu, Alcides, como único herdeiro, conforme já planejara, não quis continuar na chacrinha. Venderam tudo que não podiam carregar e embrenharam-se no estado de Pernambuco, onde moraram um pouco em cada lugar, vagando de sítio em sítio, fazenda em fazenda, chácara em chácara. Ele sempre fora trabalhador incansável e exemplar. Em qualquer serviço onde o colocavam, tinha notável capacidade de resolução e aptidão para qualquer atividade. Economizou o que pôde. Calculavam que até que chegassem os filhos teriam o bastante para a aquisição do sonhado sítio.

Num domingo em que o casal visitava a cidade, saíam da missa e, ao passar por uma roda de pessoas na praça, ouviram alguém falar de umas terras à venda. Alcides agarrou o braço da esposa e pararam. O estranho citava uma região da qual ele já ouvira falar. Ficava bastante afastada da zona da mata, no agreste. Sabia que a terra era boa e o problema da seca existia em quase todo o estado. Olhou para a mulher. Ela já conhecia bem seu homem e sabia que sua decisão estava tomada desde antes do casamento.

Na semana seguinte, Alcides, sozinho, foi conhecer as terras e, de Tupanatinga, voltou com o negócio fechado. Dado ser uma região bastante afastada de grandes cidades, o preço era menor do que ele supunha. As economias que possuíam davam para comprar. Comprou. Só voltou para acertar algumas coisas com o patrão, juntar o que podiam carregar, e o casal se foi para suas próprias terras em Tupanatinga, quando Inácio estava prestes a vir ao mundo.

Junto com a terra, comprara o cavalo. O bicho não tinha nome, mas o ex-proprietário dissera ser um animal importante, que já tinha visto até um presidente que visitara a região em campanha. Talvez até mais importante que um presidente, ponderou Delma. E ficou Presidente, o nome do cavalo. Era de importância fundamental para a família. Puxava um pequeno assucador, transportava pessoas e mercadorias para a feira de Tupanatinga nos domingos e, no pequeno cercado, conseguia sobreviver com o pouco que lhe era destinado.

Anos passaram. A situação no agreste piorava. Muitos partiam, expulsos da terra pela insaciável seca, porém Alcides resistia em seu pedaço de chão.

Naquela manhã de domingo, foi com o filho à cidade. Alcides olhou para Inácio, ainda sonolento, sentado na taipa do fogão.

— Tu vai e mais eu, ordenou. O garoto calçou as alpercatas, pôs o chapeuzinho de couro e foi preparar o Presidente. Em dois balaios levavam algumas macaxeiras, uns jerimuns, cana, pouco milho, farinha e feijão. A feira já não era um bom negócio, dado que muitas famílias já haviam deixado a região. Aquela viagem era mais para sondar a situação e combinar detalhes da venda do sítio com o coronel Antunes.

O menino ia montado, procurando achar a melhor posição entre os dois balaios pendurados no lombo do Presidente. A certa altura do caminho, apeou.

— Presidente não aguenta, sentenciou. O pai olhou para o filho e depois para o animal. Baixou a cabeça e continuou a caminhada seguido por ambos. Falou como se para si mesmo:

— É sede, na grotinha ele bebe. A grotinha era uma restinga com alguns arbustos ainda verdes e um pequeno curso d'água que corria em direção sudeste. Um oásis naquelas paragens. Ao longe divisou uma mulher com duas crianças tentando encher algumas cabaças nas últimas poças restantes. Alcides aproximou-se.

— Secou, tá tudo seco, lamentou a mulher. Ninguém bebeu e o pobre Presidente seguiu, molhado de suor.

Na cidade, constataram que a situação era ainda pior do que imaginavam. A feira resumia-se num amontoado de pedintes. Distribuíram entre os famintos tudo que esperavam vender, e na igreja conseguiram com padre Evaristo um balde de água que dividiram com sofreguidão entre os três.

Encontraram o coronel Antunes e fecharam o negócio por dois terços do que valia o sítio, mesmo assim, porque o coração do coronel era maior que seu tino comercial. Comprar terras não era negócio recomendável naquela situação, porém sabia o bom coronel que tal decisão era a tábua de salvação daquela família de gente honrada e sempre dedicada ao trabalho.

— Se voltarem um dia, vendo pelo mesmo preço, garantiu, tentando amenizar a tristeza pelo menos de Inácio, que nunca havia antes deixado aquelas terras, a não ser para ir com o pai à vila.

Num canto da pequena praça, um cego com uma sanfoninha de oito baixos cantava a situação:

"Quando olhei a terra arder
Qual fogueira de São João
Eu perguntei
A Deus do Céu
Por que tamanha
Judiação"

Alcides disfarçou duas lágrimas que teimavam em umedecer-lhe os olhos. Jogou uma moeda no chapéu do ceguinho e foi adiante, seguido pelo filho e pelo fiel animal.

Voltaram para casa, numa viagem ainda mais penosa com o sol abrasador da tarde.

— Na feira, disseram que o governo vai mandar recursos, disse sondando a opinião de Delma.

— Quando chegar, não ajuda; não terá mais precisão, opinou a mulher.

Delma, apesar de viver praticamente isolada com a família naquele ermo, era mulher inteligente e com boa instrução para o nível da região. No tempo em que viveu com os pais adotivos, aprendeu a ler e a escrever. Frequentou o ginásio em Paulo Afonso e arranhava até um pouco de latim, francês e inglês. Conhecia obras de Machado de Assis, Jorge Amado, Lima Barreto, Catulo, Coelho Neto, Casimiro de Abreu. Até declamava, eventualmente, trechos de Castro Alves. Sempre que o marido tinha oportunidade, trazia-lhe da cidade jornais atrasados e revistas velhas. As notícias, para ela que vivia tão isolada do mundo, eram sempre frescas. Lia para o marido, que apenas rabiscava algumas palavras e não tinha nenhuma intimidade com a escrita, e discutia com a família os fatos lidos. Tinha adoração pela arte de escrever. Dizia que um escritor é como um Deus; cria os personagens como os imagina, programa seus destinos, guia seus passos, os faz sofrer ou gozar a vida conforme sua vontade, os faz bons ou maus e os mata conforme sua conveniência.

Jamais se descuidara da educação dos filhos. Ensinava-lhes a escrita e a leitura sem nenhum sacrifício. Eram crianças inteligentes e sedentas de conhecimentos, especialmente Rosinha. A mãe, com excelentes aptidões didáticas, conseguia melhorar até o nível de conhecimento do marido, e teria feito dele um razoável professor do agreste, não fosse seu acanhamento e orgulho.

— Se chegar..., concluiu, referindo-se ainda ao auxílio prometido pelo governo. Ela sabia que todo recurso vindo dos governantes, em qualquer esfera, se esfacelava pelo caminho da burocracia e da ganância político-financeira. Quem liberava o dinheiro ficava com um pouco; quem conseguia a liberação, com outro naco do restante. Cada um que batia um carimbo ficava com mais um pouquinho e, finalmente, quem ia aplicá-lo o fazia pela metade, assim mesmo, só nas épocas de eleições, e eleições não estavam previstas para aquela época. Lembrava-se do doutor Valério, que dizia: "Não há real interesse em acabar com a miséria no Nordeste, o dia em que alguém solucionar aqueles problemas, os urubus em forma de coronéis e políticos perderão seus currais eleitorais e, portanto, ficarão à margem do *pudê*, como eles dizem. São urubus, são aves de rapina da pior espécie, que se nutrem da miséria e da ignorância dos pobres sertanejos". Delma compreendia tudo aquilo e sabia que órgãos governamentais, como superintendências, destinadas ao desenvolvimento de certas regiões, e outras iniciativas, não passavam de cabides de empregos, verdadeiros ralos, por onde escoava o dinheiro do governo, aliás, do povo, que pagava impostos para tudo. Por isso, não tinha esperanças e nem confiança nos políticos. Muitos deles arrancavam recursos estaduais e federais para perfuração de poços e construções de açudes salvadores, porém o dinheiro era, invariavelmente, aplicado em suas próprias fazendas e as raras benesses só tinham a finalidade de formar ou ampliar os currais eleitorais. Daquela forma, o *pudê* dos coronéis e "representantes do povo" era mantido de forma vitalícia e hereditária.

Naquele dia, quando o sol estava a pino, e parecia mais tórrido que nunca, Delma vinha da antiga amideria, carregando um ramo de arbustos secos para o fogão. Presidente, com a cabeça entre as varas do cercado, parecia implorar por um gole d'água. Ela parou pesarosa e, observando a angústia do animal, dirigiu-se à cozinha, onde ainda lhe restavam um pote e algumas cabaças de água. Apanhou uma caneca. Parou. Pensou nos filhos e na cacimba, praticamente seca. Da lama do fundo, não tirariam água por mais duas semanas, pensou indecisa. O coração e a consideração pelo velho animal falaram alto e sobrepujaram a razão. Encheu a caneca e dirigiu-se ao cercado. Ali banhava os beiços ressequidos do Presidente, que lambia com avidez sua mão. Alcides saiu à porta e achegou-se da mulher. Ela esperou pela reação contrária do marido, disposta a enfrentar qualquer discussão, mas ele baixou a cabeça e, certamente, considerando a situação, afastou-se resignado. Seus olhos desperdiçavam mais duas gotas de lágrimas mal disfarçadas.

No último ano, apenas esparsos pingos no mês de novembro aliviaram um pouquinho o drama que se projetava. Todos sabiam que pelo sertão afora a seca já havia assolado a terra, esgotado a água e as esperanças dos mais perseverantes. Aquele rápido chuvisqueiro trouxera a Alcides remoto alento. A rocinha preparada recebeu sementes de feijão e milho. O solo generoso abriu-se em dádivas, fazendo tudo germinar, porém à medida que o sol se tornava mais abrasador e a terra mais ressequida, as plantinhas iam ficando mirradas e o resultado, sabia-o a família, não era o esperado, o desejado. Pouco mais de três sacas de feijão e aquela miséria de milho, espiguinhas de restolho que o coronel, por bondade, concordara em comprar.

A cacimba, como por milagre, persistia lutando conta o sol inclemente, como se imbuída da mesma esperança que os esparsos pingos de novembro haviam trazido à família. Agora, já não havia mais nenhuma perspectiva.

Da lama do fundo do poço, ainda se podia espremer alguma água que, economizada como se fosse a própria vida, ia mantendo a família até que colhessem o pouco que conseguissem salvar da desgraça.

Nem as nuvenzinhas que, às vezes, se formavam lá distante animavam mais Alcides. Ele já sabia que elas iriam embora sem chorar uma lágrima sequer. Lembrou-se do ceguinho em Tupanatinga:

> *Na solidão desse inferno*
> *De primavera a inverno*
> *O sol está sempre em guerra*
> *Nuvens que nascem vão embora*
>
> *O céu azul nunca chora*
> *Uma lágrima sobre a terra.*

Enquanto aguardavam a vinda do coronel Antunes, iam comendo o pouco que podiam colher, à exceção do algodão, que já havia entrado no negócio da venda do sítio. As duas galinhas restantes e o velho carijó "descansaram desta vida na panela", no dizer de Alcides. O cão Badu não pôde aproveitar os restos, pois já estava enterrado no fundo do terreiro, após tanta lamentação e tristeza. Morrera de várias causas: idade, doença e um aperreamento que parecia decorrer da pena que podia estar sentindo daqueles donos tão reféns dos rigores da natureza nordestina. Somente Delma considerava as verdadeiras causas: fome e sede. Desde então, não mais tiveram os eventuais preás e teiús.

Quatro dias de espera pelo coronel e, no domingo, pela manhã, surgiu na curva da estradinha a charrete do novo proprietário.

Um café adoçado com rapadura lhe foi servido e, imediatamente, foram inspecionar as terras e o algodoal. A roça, com um resto de milho; uns pés de jerimum já ressecados; o sofrido algodoal praticamente condenado; a cacimba irremediavelmente inútil e alguns trastes que já não seriam aproveitados pela família retirante: dois catres, uma mesa de madeira muito rústica, três cadeiras de palhinha, um banco de tábua, enxadas, panelas de barro, o velho assucador e outros bagulhos que nem foram considerados.

O bondoso coronel Antunes constatou que não havia comprado grande coisa, porém deu a Alcides algum dinheiro a mais. Não que aquelas velharias pudessem ser-lhe de alguma valia, é que considerou que o dinheiro nas mãos daquela família teria mais utilidade do que em seus bolsos.

Alcides juntou todo o montante, guardando-o sob o colchão de palha.

O coronel, amargurado, saiu para o cercado, seguido pela família. Aproximando-se do velho cocho, notou atrás dele um animal inerte no chão. Era o matungo Presidente que, finalmente, chegara ao fim de suas forças.

Finalmente, não suportara a amargura da sede. As moscas entravam-lhe pelo focinho e orelhas. A cabeça recostada no mourão do cercado, entre as duas varas, parecia ter insistido em buscar, num derradeiro esforço, a salvação junto aos donos. Os dentes à mostra, finalmente sugeriam triste sorriso pelo encontro do descanso final. Certamente, morrera à noite, sozinho e sedento, como vinha sobrevivendo nos últimos meses. O coronel subiu na charrete com o chapéu cobrindo os olhos e partiu. Escondia as lágrimas. Não se despediu. Alcides e Inácio passaram uma corda de embira pelo pescoço do animal e arrastaram-no para um local distante da casa.

Alcides olhou para cima. Urubus circulavam no céu azul e, assim que eles se afastassem, desceriam esfaimados sobre o banquete, sobre aquele pouco que restava do velho Presidente.

— Logo será caveira, observou, apertando levemente o ombro do filho. Inácio verteu lágrimas, pela primeira vez experimentando aquele sentimento diferente de todos os que lhe haviam feito chorar até aquele dia.

Era, finalmente, chegada a hora de botar os pés na estrada. Colheram, às pressas, o pouco que tinham ganhado do bondoso comprador e começaram, imediatamente, a reunir os cacarecos, separando o que podiam levar e o restante que ficaria com o coronel.

— Pote quebra na viagem, falava Rosinha.

— Bacia não cabe no saco, asseverava o pai.

— Prato é preciso e mais caneca, defendia Inácio.

— Enxada e ferramenta, não. Só o facão, ajuntava Alcides, ajeitando também a peixeira na cinta.

Cerca de uma hora de escolha, amontoaram num canto tudo que decidiram levar para...

— Para onde?, perguntou o marido. Delma não teve dúvidas. A ideia vinha sendo alimentada na cabeça há muito.

— Caconde, determinou, encarando de frente o marido em desafio, como raramente o fazia.

— Onde?, quis saber Inácio.

— Caconde, reiterou a mãe. É o lugar onde nasci e acho que ainda tenho por lá o tio Tomazinho que poderá nos ajudar a recomeçar. Naquele momento, ficou decretado: Caconde seria o destino da família Assis Santana.

Chovia! Finalmente, chovia no sertão. Nuvenzinhas acanhadas começaram a se formar a leste, do lado da zona da mata, e aos poucos foram se juntando, tornando-se escuras e, graças a Deus, ameaçadoras. Desta feita, não era remota expectativa. Era realidade. Estavam todos almoçando, quando um relâmpago cortou o céu daqueles lados. Foi Delma quem saiu à janela no momento em que o estrondo de um trovão se fez ouvir.

— Chuva!, ela exclamou. A família, incrédula, saiu para o terreiro, todos olhando o céu. Alcides abraçou ambos os filhos mais velhos estáticos ao seu lado.

— Deus seja louvado, disse baixinho como se temesse espantar as nuvens. Esqueceram-se completamente do almoço. Em pouco tempo, os pingos começaram a cair, no início ralos e intermitentes, mas logo foram aumentando de intensidade e a torrente desabou finalmente.

O caçula, agarrado ao umbral, olhava assustado a enxurrada que quase invadia a cozinha. Aquele nunca tinha visto chuva de verdade, e os outros filhos, tanta abundância de água. As raras chuvas que tinham visto eram débeis pingos minguados, o suficiente apenas para molhar o chão e fazer brotar algumas plantas, mas nem para deixar pelo meio a cacimba de água. Naquele dia, sim!, chovia torrencialmente e, pelo visto, a chuva estava se estendendo a oeste para todo o sertão. O tempo fechara de vez. Ninguém mais precisava ir embora. No terreiro, Rosinha arrastava Inácio todo desajeitado e, juntos, dançavam descalços e ensopados sobre a enxurrada. Alcides e Delma, sentados no limiar da porta, mergulhavam os pés na torrente, provocando pequenas represas, "do tamanho dos açudes que os políticos constroem", brincou o marido. Todos riam.

Agora, mais íntimo dos pingos e da enxurrada, Deraldo mergulhava os pezinhos, seguro pela mão da mãe, e teimava em avançar em direção aos irmãos.

Em breve, a cacimba estaria cheia. A família guardaria a parca colheita no quartinho de despensa, desfaria o negócio com o coronel Antunes e prepararia a terra para uma safra de verdade. O coronel certamente emprestaria algum dinheiro para o reinício. Bom homem aquele coronel. Diferente de todos os outros coronéis que conheceram ou dos quais ouviram falar, ele realmente se preocupava com os menos favorecidos. Não era por interesse próprio, não. Era pena que homens, como ele, não entravam para a política, não governavam, diziam os sertanejos do lugar.

Delma pensava na horta que sempre idealizara. Couve, cenoura, beterraba..., coisas que os filhos, mesmo os dois mais velhos, pouco conheciam. Uns pés de melancia, talvez umas mudas de laranjeira... Era a vida voltando com toda a exuberância e fibra ao agreste. Com ela, os velhos sonhos. Com ela, tudo aquilo que Delma conhecera no Sul e, em escala menor, na Bahia. Lembrou-se do Presidente. O pobre não pôde esperar por aquela abundância de água. Morrera com os dentes amarelos à mostra, como se risse de sua própria desgraça. Chovia! Chovia copiosamente. Eram benditos até os *treque-treques* das goteiras na cozinha caindo sobre alguma coisa.

À tardezinha, ainda caíam finos pingos e o sol, menos impertinente, como se vencido pelo milagre das nuvens, apareceu tímido no poente. Um arco-íris começou a se formar sobre o algodoal. Deraldo, empolgado por aquela visão mágica, por aquele brinquedo enorme e multicolorido, desgarrou-se da mão da mãe e, com passinhos decididos, ambos os braços abertos, correu aos tropeços para aquela maravilha criada pela luz, que atravessava minúsculos prismas de água no ar. Chegou ao início do arco-íris e, para assombro da mãe, galgou-o por entre as cores e, lá em cima, no dorso da fantástica imagem, era um cavaleiro audaz.

Delma acordou com o suor a escorrer-lhe pelo corpo. Rapidamente levantou-se e abriu a janela. Lá fora, tudo era seco e o céu, repleto de estrelas, era o mesmo quadro do dia anterior. Pensou por um instante naquele sonho estranho, na divina ocorrência da água transbordando no terreiro. Ficou a imaginar qual seria o significado do filhinho montado no arco-íris. Fechou, finalmente, a janela e voltou para a cama. Alcides ressonava agitado, banhado de suor, sonhando talvez, sabe-se lá o quê. Breve amanheceria. Era preciso juntar os trastes e iniciar a viagem. Tudo afinal fora sonho. Um sonho divino e maravilhoso, mas, lá fora, a realidade os esperava ao amanhecer que não tardaria.

A viagem já estava contratada. Iriam a pé até Tupanatinga, onde um pequeno caminhão os levaria até Recife. Lá fariam baldeação, mudando de veículo rumo ao sul.

Delma mantinha em casa, entre outras relíquias, um velho atlas geográfico dos tempos em que estudava em Paulo Afonso. Ela, o marido e os filhos frequentemente folheavam-no vendo e imaginando os locais registrados. Como era grande o Brasil! Como tinha rios, como tinha água! E os rios do Norte e do Sul que não secavam nunca... Que pequenino era o grande Pernambuco comparado ao tamanhão do Brasil, e de outros estados. E Alagoas, então...

— Olha este aqui, apontava Inácio para Espírito Santo.

— Do tamanho de Tupanatinga, brincava Rosinha.

E foi Rosinha quem estranhou o itinerário traçado para a viagem. Tupanatinga, Buíque, Arco Verde, Pesqueira, São Caitano, Gravatá, Vitória de Santo Antão e, finalmente, Recife. Depois, atravessar Alagoas e Sergipe, para chegar à Bahia e continuar descendo para Minas e, enfim, São Paulo.

Para que tanta volta, se podiam atravessar o São Francisco ali mesmo ao sul de Tupanatinga e já entrar diretamente na Bahia?, perguntava a menina. Delma explicou-lhe que não havia estrada naquele itinerário, que era preciso ir até Recife e pegar a BR 116, projetada para cortar o país, indo direto de Fortaleza, no Ceará, a Jaguarão, no Rio Grande do Sul, conforme lera num jornal da cidade, recentemente. De qualquer forma, teve orgulho do raciocínio da filha. Era realmente o caminho mais curto e mais lógico a seguir, o dela.

Quando enfiavam as últimas coisas no saco, Alcides perguntou, talvez pela quarta vez:

— Para onde? Delma, resoluta, não se fez por esperar.

— Caconde, como eu já disse várias vezes.

— Onde?, insistiu o marido.

— Caconde, repetiu ela pronunciando as sílabas espaçadamente. O lugar onde nasci, onde perdi meus pais, fui adotada pela família do doutor Valério, e onde acho que ainda mora o tio Tomazinho. Era a segunda vez que a família ouvia aquele nome estranho e a segunda vez que Delma se impunha, fazendo valer a sua opinião perante o marido.

Alcides maquinalmente contraiu os lábios e balançou a cabeça. Era assim que, mudo, concordava com qualquer proposta que, ao seu ver, fosse duvidosa. A mulher não lhe deu tempo para reflexão. Sabia ser convincente nas raras vezes em que necessitava se impor. Os filhos olharam uns para os outros curiosos.

— Na Bahia, mãe?, quis saber Inácio.

— Não. São Paulo, respondeu Delma. No interior de São Paulo, reiterou.

— Tem água?, interveio Rosinha.

— Até demais. Foi a resposta que selou definitivamente a decisão e o destino da família.

As roupas foram acomodadas na mala, presente do coronel Antunes. O dinheiro na algibeira de Alcides, ao lado da inseparável peixeira, que era "pra catucar o umbigo do cabra", como ele dizia. Nunca cutucara ninguém e jamais o faria, sabia-o Delma. Era homem de boa paz e temente a Deus, se bem que exigente e rigoroso com o respeito e com a honra.

Cambaxirra cantou triste sobre a cumeeira. Amanhecia.

Saíram antes do sol. Cada um carregando o que podia do pouco que levavam. A caminhada seria árdua, sob o sol escaldante de logo mais, e sem o auxílio do pobre Presidente, que ficava feito risada, espetado no mourão do cercado; seco, só cabeça.

Dobraram a primeira curva do caminho. Era a derradeira vista da velha casinha com seu cercado, seu limoeiro seco, sua chaminé apagada de fumaça nenhuma. Uma tristeza medonha que não aceitou ficar trancada rondava os passos de todos, exceto do caçula, que ainda não tinha consciência da mudança que estavam começando a experimentar naquela vida de tão longo tempo imutável. Mais uma vez a cambaxirra cantou; despediu-se. Quase não se ouvia; só Delma olhou para trás.

Deraldo, ora na cintura da mãe ou de Rosinha, ora montado no pescoço do pai ou de Inácio, a tudo ia observando curioso. Para ele, tudo era novidade. Até que podia andar, mas atrasaria a marcha. Tinham pressa de chegar a Tupanatinga. De cintura em cintura, de pescoço em pescoço, chegou à vila pela primeira vez em sua vida. Seus grandes olhos negros corriam sobre tudo; não parava em nada. Um ano e pouco de idade sem nunca ter visto tanta gente, tanto movimento, tantas casas juntas e caminhão de verdade. Andar em cima dele, então...

Na igreja, padre Evaristo dividiu com a família sua própria miséria. Colchões surrados foram estendidos numa espécie de salão, um barracão que servia para tudo na vila: festas, bailes, dormitório; às vezes, de pronto-socorro e, frequentemente, velório, onde entoavam as tristes *incelências*.

Como por milagre, nos fundos daquele barracão, um fiozinho d'água, vindo de uma elevação próxima, insistia em servir àqueles pobres farrapos que encontravam na igreja do bondoso padre a guarida temporária em suas marchas em busca de solução para os mais diversos e angustiantes problemas. Mesmo moradores da vila e arredores demandavam a indulgência daquele milagroso fiozinho que caía numa comprida bica de mais ou menos dois metros de altura, onde o padre improvisara um chuveiro. O invento consistia de uma lata de querosene furada a prego no fundo, por onde a água saía esparramada em dezenas de filetezinhos, uma luxuosidade para a realidade local. Sob o "chuveiro", quatro estacas de madeira fincadas no chão podiam transformar-se em um rústico boxe. Era só envolver as estacas com a lona que o padre guardava na igreja e estava improvisado um banheiro que servia às senhoras e mocinhas. Os homens dispensavam esse luxo. Gostavam mesmo era de entrar debaixo do jorro somente de calções e receber sobre o corpo os carinhos daqueles divinos filetes. Assim, toda a família se banhou de verdade, após tanto tempo de economia de água. Deraldo relutava em deixar aquela delícia de brincadeira. Só concordou em sair da bica quando ouviu a palavra sorvete. Cada um recebeu do padre um prato de sopa. Era tudo que a situação podia oferecer-lhes e talvez fosse mais do que receberiam doravante.

Ao anoitecer, Alcides chamou Inácio e foram à pracinha. Lá, já se percebia o movimento de pessoas que logo ao amanhecer demandariam um lugar no caminhãozinho. Uns conhecidos, outros totalmente estranhos. Todos retirantes, passageiros da mesma vida, com histórias e destinos diferentes, porém com a mesma causa. Num banco de madeira, no meio da praça, o ceguinho com a sanfona atraía alguns colaboradores em potencial.

No deserto se agiganta
Levanta a planta em espinhos
Valente na solidão
Cacto contendo mágoa
Contraste de água e desgraça
Vida escassa no sertão.

Algumas moedas caíam no chapéu. Alcides aproximou-se.

— Tu tá bom, ceguinho?

— Vai se vivendo, como Deus é servido, seu Alcides. Conhecia a quase todos pela voz. Mais uma moeda no chapéu.

Andaram um pouco mais pela praça. Cumprimentaram pessoas, travaram curtas conversas e voltaram para a igreja. Na mão de Alcides, muito bem resguardado, a extravagância do dia — o sorvete para Deraldo.

Exaustos pela viagem, dormiram feito pedras. O primeiro a acordar foi Deraldo, à procura do palitinho do sorvete. Jamais se esqueceria daquela coisa tão friazinha e doce. Pena que acabava depressa, mas o gostinho de groselha permanecia no palitinho que ele chupava contente.

Despediram-se de padre Evaristo e em pouco tempo estavam na praça.

As pessoas iam chegando com sacos, malas velhas, sacolas, todos se aglomerando em volta do caminhão. Uns seguiriam viagem; outros, mais esperançosos ou simplesmente teimosos inocentes, ainda resistiriam, até que, finalmente, partiriam atrás dos que se foram para o sul ou para o céu, diziam. Na verdade, todos sabiam que partiriam algum dia. Era preciso dinheiro, pelo menos um pouquinho para custear a viagem e não morrer de fome no caminho, em vez de morrer ali mesmo; era preciso ter um lugar para onde ir, um parente que ajudasse, que acolhesse, que orientasse, uma esperança na qual se agarrar, e isso nem todos tinham. Assim só sairiam daquele inferno quando não houvesse mais nenhuma perspectiva de vida, como dizia alguém numa canção: *"só deixo o meu Cariri, no último pau de arara"*.

— Isso não chega no Sul, comentou alguém.

— Vai ser trocado no Recife, afirmou o motorista, um crioulo já idoso que tinha por incumbência não só levar os passageiros até a capital, mas, também, combinar tudo sobre a viagem, até seu ponto final. Era um dos agenciadores de viagem da *Transportadora Olho D'água*. Pequenos caminhões saídos das diversas regiões do sertão e do agreste convergiam para o Recife, onde caminhões maiores recebiam as cargas repartidas para as viagens mais longas, geralmente para São Paulo, Paraná, Minas e Mato Grosso, conforme combinado com antecedência.

Inácio subiu primeiro. Em seguida recebeu, da mão do pai, o irmão Deraldo, que foi acomodado sobre um pedaço de colchão, num cantinho bem lá na frente. Claro que nada no mundo o faria desgarrar-se da beirada da carroceria para sentar-se ou deitar-se. Alcides era um dos últimos a subir. Quando pôs os pés sobre o pneu e ia saltar para dentro, ouviu uma voz bastante conhecida lá embaixo.

— Quem ajuda o ceguinho? Voltou-se surpreso e deu de cara com o ceguinho e sua sanfona, de pé ao lado do caminhão. Sua alegria foi imensa.

Gostava muito daquele infeliz que, além de todos os sofrimentos que ele, Alcides, conhecia, ainda somava a desvantagem de viver na escuridão. Desceu rapidamente e agarrou o homenzinho, levantando-o para que alguém o agarrasse lá em cima. Acomodaram-se todos como era possível e o caminhãozinho partiu resmungando.

— Até tu, ceguinho!, gritou Inácio lá na frente.

— Com fé em Deus, seu Inácio.

Amparado pelo irmão e sob o olhar atento da mãe, Deraldo ia de pé, olhando tudo com curiosidade. O vento a bater-lhe no peitinho protegido pela fina camiseta era delicioso.

Rosinha, acomodada como podia num daqueles bancos rústicos, aconchegava no colo uma menininha com quem fizera amizade rapidamente. Era um cisquinho de magra, mas gostava de falar. Falava engraçado e sem parar, recostada no peito da garota como se fosse aquela boneca que ela sempre sonhou ter.

Aos poucos, todos foram se conhecendo. Cada um contava com alegria ou com tristeza sua situação, seus motivos, suas esperanças. Havia aqueles que deixavam membros da família enterrados nos lugares de onde vinham. Alguns diziam que iam para nunca mais voltar; outros levavam esperanças de retorno em ocasiões mais propícias.

Alcides considerou-se feliz. Partia dali sem deixar nenhum dos seus, exceto os pais e um irmão que nem chegara a conhecer. Seus pais, pescadores do São Francisco, morreram ainda muito jovens, quando a jangada virou durante um forte vendaval. Os corpos foram recolhidos das águas dois dias depois por operários que trabalhavam na construção de uma usina. Lá mesmo foram sepultados e ele continuou a morar com o tio em Paulo Afonso, com quem já vivia enquanto os pais se aventuravam pelo *Velho Chico*, inconsoláveis com a morte do primeiro filho, também vítima das águas.

Imaginava que jamais voltaria à sua terra, porém não queria sofrer por isso. Não era homem de muito apego a lugar algum. Sempre fora nômade. Mesmo quando vivia com o tio, saía para longos períodos de andanças. Apenas naqueles últimos doze anos, havia se acomodado. Isso porque comprara sua própria terra e apoiara-se na firmeza da mulher que o convenceu de acomodar-se. No seu íntimo tinha vontade de conhecer o Sul. Ouvia falar das pastagens sempre verdes, das grandes cachoeiras que desciam como véu por entre árvores espetacularmente frondosas; ouvia falar na fartura e no luxo das grandes cidades, na abundância de dinheiro que corria nas grandes construções que o governo começava a fomentar, nas oportunidades que poderia ter um homem com a sua coragem e disposição. Tinha esperança, sobretudo, na cafeicultura, a atividade que, segundo muitos diziam, era a mola que impulsionava o país rumo ao progresso. E assim pensando, finalmente ia ele conhecer e verificar pessoalmente as mentiras e verdades a propósito do milagroso sul do país. Felizmente, ia com sua família e enfrentariam juntos qualquer situação, pensou.

Sobre isso, foi falar com o ceguinho que cochilava, encostado na lateral do caminhão, com a sanfona no colo.

— Não posso levar a família; a mulher e o Carlinhos, que nasceu agora, não teriam com quem ficar lá em São Paulo, mas vou mandar tudo que puder para eles, disse o triste cego. Para Alcides ainda falou baixo, numa espécie de confidência, olhando desconfiado para os lados:

— O Carlinhos vai estudar. Vai, sim, senhor. E vai ser coronel político por aqui, sem precisar deixar a nossa terrinha. Com esta sanfoninha e a misericórdia de Deus, ele vai sim, ou não me chamo José Carlos Monteiro.

— Faço fé que Deus assim encaminhe, disse Alcides.

Contente com aquela perspectiva, deu sequência à canção que lembrava, quando foi interrompido por aquele homem para quem gostava de cantar.

Persistente alvo intacto
Cacto alerta, sentinela
Um marco nessa aquarela
De terras secas, sem flor
Senhor do solo esquecido
Contorcido em sua dor.

A sanfoninha, no seu lento abrir e fechar, eventualmente cutucava as costelas de Deraldo, que resolvera, finalmente, sentar-se ao lado do pai. O menino ria sem parar. Gostava do improvisado show e parecia sentir uma atração especial pelo ceguinho, apesar dos olhos feios que, no princípio, o assustavam um pouco.

A viagem até Recife era longa; com a morosidade do caminhãozinho, calculavam três dias, isso se não quebrasse pelo caminho e fosse preciso repor peça difícil de encontrar no lugar.

Sob a lona esticada sobre varas presas às bordas do caminhão, o calor era escaldante. Quando o velho radiador resolvia ferver, paravam um pouco. Cada um colaborava com um pouco de água de sua cabaça para refrescar aquela coisa.

— O bichinho bebe mais que a gente em festa, brincou alguém.

Ali armavam redes em qualquer sombra que pudessem encontrar. Esticadas no chão, penduradas em troncos ou sob a carroceria, cada uma era utilizada de maneira a dar o melhor conforto possível ao dono que procurava fugir do inferno em que se transformava aquele cortiço ambulante.

Naquelas condições, dormiam também à noite, quando o motorista, exausto, encostava. A maioria das mulheres e crianças permanecia dentro da carroceria de onde eram retirados os bancos de madeira, de modo a aumentar o espaço para que fossem estendidos colchões. Durante a noite, normalmente havia uma brisa que amenizava o calor e conseguiam descansar o suficiente para mais dez ou doze horas de viagem.

Raramente encontravam água para reabastecimento das cabaças e do galão que ia atrás do banco do motorista, e para, eventualmente, dar uma molhada no corpo.

Como haviam calculado, no terceiro dia entraram na capital de Pernambuco. Recife já era uma cidade grande, uma metrópole com fama de cidade turística, que misturava ricos e extravagantes turistas com retirantes também exóticos para eles.

O caminhãozinho andou como se estivesse à deriva por incontáveis ruas e grandes avenidas. Finalmente, parou numa pracinha próxima ao centro. Ali estava cumprida aquela missão. O restante da viagem ficaria a cargo do grande FNM azul que já estava à espera na pracinha, desde o amanhecer daquele dia. Já havia chegado a tarde.

Alcides reuniu a família e saíram à procura de meios para um banho e refeição. Encontraram uma pequena pensão onde puderam banhar-se e comer à mesa. Uma luxuosidade, mas havia dinheiro suficiente e para isso era que servia o dinheiro. Não faltou o *soivete* que Deraldo devorou com avidez após o jantar. E não foi sorvete de palito, não. Daquela vez foi diferente. Um sorvete de massa com copinho, colherzinha de madeira e tudo. Era a plena felicidade para o menino e Delma comentava com Rosinha como era fácil dar felicidade a uma criança na sua inocência.

Deraldo falava bem e era admirável sua capacidade de comunicação, sua disposição de estar sempre conversando com qualquer um que se dispusesse a tal. Pronunciava bem as palavras para um menino de sua idade, mas no sorvete, trocava o "r" por "i", vício que não fizeram questão de corrigir, porque acharam engraçado e inocente.

Monteiro, o ceguinho, ajudado por uma caridosa companheira de viagem, comprou um pacote de bolo, doces, pão com mortadela, bolachas, e encheu seu garrafão com água fresca no bar. Foi um dos primeiros a subir no novo caminhão. Aninhou-se com sua sanfoninha num canto sobre um colchão. Havia bancos de madeira e espaço suficiente para acomodar crianças e o ceguinho em colchões estendidos. Ao contrário do que esperavam, a demanda para o Sul não era tão grande e o espaço naquele enorme veículo era muito mais amplo do que no velho caminhãozinho.

Monteiro sentiu-se rei esticado naquele colchão macio, e como tal permaneceu, até que outros tomaram seus lugares, acabando com o seu sossego.

De repente, um sururu chamou a atenção de Rosinha. No meio de uma roda de crianças, reconheceu Inácio no centro da confusão. Provocado por um bando de meninos da cidade, o irmão havia investido sobre o maior deles subjugando-o, intimidando os outros que observavam temerosos o companheiro apanhando daquele bruto com raiva e força de animal ferido. Com os joelhos sobre o peito do infeliz no chão, Inácio esmurrava-o impiedosamente, alheio aos gritos da irmã. Alertado por um dos companheiros, Alcides chegou, abrindo caminho entre os curiosos. Agarrou o filho pelo cangote com alguma brutalidade, levantando-o. A interferência de Alcides espaventou o grupo de meninos, ficando somente o que havia apanhado. Estava com várias escoriações e o nariz sangrando.

Chamado por alguém, o pai do garoto agredido aproximou-se para tirar satisfações com o agressor. Ficou cara a cara com Inácio, proferindo uma série de insultos contra o menino, de maneira ameaçadora. Justamente quando lhe perguntou se não tinha pai, Alcides pôs-se entre os dois. Colocou a mão sobre o ombro do filho, fixando o estranho, que avaliou a situação aparentemente mais calmo, ou mais precavido. Dezenas de outros retirantes cercaram-nos. Alcides simplesmente perguntou a Inácio:

— Por quê?

— Eles falaram pau de arara e nome feio da mãe.

Foi o suficiente para Alcides. Encarou o possível adversário com cara amuada. O homem, meio que acovardado diante daquele sertanejo aparentemente rude, com o peito da camisa aberto e a mão no cabo da peixeira, abrandou. Ficou calado por uns segundos, olhando para o filho e para o oponente. Parecia decidir-se por uma atitude, mas a razão ou o medo falou mais alto. Sem dizer palavra, finalmente juntou pelo braço o filho com o nariz ainda sangrando e saiu cauteloso; como disse alguém, "com o rabo entre as pernas". Alcides e Inácio dirigiram-se para o caminhão. O menino ainda tremia os lábios de raiva. Pai e filho sentiram recíproco orgulho. Delma, que a tudo acompanhou calada, viu na bravura do filho um mau presságio.

Era totalmente contra qualquer manifestação de violência e queria que os filhos crescessem amantes da paz, pacíficos como ela. Entendeu, porém, que Inácio não poderia ter se acovardado diante da provocação. Puxara ao pai em quase tudo e não podia envergonhá-lo como um cagão diante do desafio. O marido era pacífico, sim. Incapaz de provocar quem quer que fosse. Excessivamente quieto e retraído, porém capaz de ferver o sangue diante de séria provocação. Contornado o incidente, tomaram lugar no caminhão.

Todos melhor acomodados, seguiram viagem. Deixaram a capital, entrando pela BR 116 rumo a Alagoas. A noite caía.

Por volta da meia-noite o motorista parou para dormirem. Como nas três noites anteriores, os homens esticaram suas redes em troncos de árvores, sob a carroceria do caminhão, ou mesmo no chão, ao lado da estrada. Cada um se arranjou como podia e dormiram como pedras, cansados que estavam. Séria assim durante toda a viagem. Dez, doze dias? Ninguém arriscava dizer. Dependia da resistência de cada um e, principalmente, da resistência dos dois motoristas que se revezavam no volante. As mulheres e crianças iam mais bem acomodadas e, certamente, suportariam melhor a viagem. Felizmente, aquele caminhão tinha a cobertura mais alta e mais arejada. O vento entrava pelas laterais quando a velocidade aumentava, refrescando os sofridos passageiros, e isso deliciava, principalmente as mulheres com seus longos e quentes vestidos. Além disso, o FNM seminovo prometia não apresentar tantos defeitos como o caminhãozinho anterior.

O sol acabara de nascer e já deram partida. Rodaram cerca de duzentos quilômetros até a hora do almoço. Não havia sinal de civilização por perto. Cada um comeu do que dispunha sua reserva, alguns trocando entre si parte da matula ou repartindo-a com outros que quase nada levavam. Muitos entraram no matagal que margeava a estrada para fazer "uma viagem". Partiram, novamente.

O caminhão cortava teimoso e incansável aquele jardim de grande variedade de plantas entremeadas de caatinga e cactos. O ceguinho, animado pelo conforto e uns tragos que, eventualmente, dava na garrafinha de leite com conhaque — presente de Alcides, cantava aquela paisagem, exaltando a luta do cacto pela sobrevivência:

Sempre verde até parece
Mãos abertas a fazer prece
Pedindo ao sol a paz

Nasceu, cresceu e vingou
A planta que Deus plantou
No jardim de satanás.

Deixaram a terra de Virgulino Ferreira e entraram em Alagoas. Breve, atingiriam a grande Bahia de Canudos e Conselheiro, após atravessarem o pequeno Sergipe. A partir dali, o préstito sobre rodas passou a avançar mais rapidamente, parando, de vez em quando, fora dos locais predefinidos, apenas para as necessidades fisiológicas ou "viagens" dos passageiros, que na sua maioria já não tinham vergonha de confessá-las. Voltavam refeitos e aliviados dos arbustos à beira da estrada. Sempre que possível, essas paradas extras eram feitas próximo a cursos d'água, quando aproveitavam também para molhar o corpo e encher as cabaças.

A paisagem começava a mudar e já era estranha para a maioria da comitiva. Entraram na Bahia, nas extensas plantações de fumo e de cacau. No décimo dia de viagem, passaram a conviver com extensas pastagens verdes, elevações e rios caudalosos. Estavam entrando em Minas Gerais.

Desde a parte sul da Bahia, a estrada passou a ser mais moderna, mais segura, sinalizada e também mais movimentada. Todavia, o cansaço, acumulado ao longo da penosa viagem, obrigava-os a parar mais a miúdo, percorrendo, cada vez, menor trecho por dia.

No décimo quarto dia, entraram no principal estado da federação, o colosso chamado São Paulo, para muitos, a terra prometida.

Novamente a paisagem mudara. Pastagens com grandes rebanhos de gado gordo, moderna estrada com tráfego mais intenso, cidades mais próximas umas das outras. Pela Presidente Dutra, conforme dissera Delma, entraram na capital paulista, uma loucura de carros, gente, imensos prédios que pareciam querer alcançar o céu. Enormes chaminés que, para Romualdo, "pitavam como caipora". A primeira pergunta de Deraldo à mãe foi se "lá em riba tinha gente".

O caminhão começou a despejar famílias em diversos locais de São Paulo. Alguns ficaram logo na entrada, onde procurariam por parentes em Guarulhos, São Miguel, Guaianazes, Itaquera etc. A maioria desceu no Brás; os demais, que seguiriam viagem para outras terras, foram, finalmente, deixados na Estação da Luz ou na rodoviária. Dali o caminhão voltaria para Recife, com uma carga já contratada.

Havia famílias que buscavam atingir o Paraná. Acreditavam poder ser acolhidas por parentes e conhecidos vindos anteriormente. Lá tinham a esperança de fazer a vida nas plantações de café, nas araucárias.

Foi Delma quem procurou meios de chegar ao guichê da Viação Cacon-de-São Paulo. O próximo ônibus partiria às treze horas, e era ainda cedo o bastante para um lanche reforçado que tomaram numa pastelaria na Duque de Caxias. Não foi esquecido o *sorvete* do caçula.

Uma loja de discos tocava um baião. A música levou Alcides a lembrar--se do ceguinho que ficara no Brás. Como se arrumaria um cego procurando acomodação entre estranhos naquela loucura, naquele corre-corre de São Paulo, sem conhecer ninguém, sem enxergar?

— Viverá, como Deus é servido, respondeu Inácio ao comentário do pai.

Perto das catorze horas, o ônibus veloz e com bancos confortáveis ganhava a Anhanguera, com destino a Caconde.

Todos ressonavam, bem alimentados e confortavelmente instalados nos bancos macios. Apenas Delma mantinha-se atenta às margens da estrada. Ia lendo placas e indicações. Jundiaí, Campinas, Mogi, uma série de outras cidadezinhas menos importantes e lugarejos dos quais nunca ouvira falar, nem havia percebido no atlas, quase totalmente registrado em sua mente. Finalmente, não resistiu ao sono. Acordou mais tarde, cutucada pelo caçula.

O ônibus estava parado e o pessoal todo descendo. O local lhe era totalmente estranho para ser Caconde, pelo menos como ela a havia conhecido em criança, e da qual guardava tênue lembrança. Perguntou ao motorista e ele lhe informou que a viagem chegara ao fim, exceto para alguns passageiros que fariam ainda baldeação para Muzambinho, em Minas Gerais. Para ela e sua família, a viagem realmente chegara ao fim. Estavam em Caconde. Como havia mudado a cidadezinha que ela tinha na memória! Mudaram as casas, a rua estava calçada com pedras, havia a estação rodoviária, um belíssimo jardim na frente da Igreja Matriz, postes com luz elétrica e vários carros, alguns servindo como táxi. Inácio ouviu quando o motorista disse que pessoas iriam para Minas Gerais e perguntou curioso à mãe, como é que iriam para Minas se já haviam passado por lá no dia anterior? Estavam voltando?

— Não, filho. Minas circunda esta parte do estado de São Paulo, e muitas cidades do sul de Minas estão a poucos quilômetros daqui, explicou ao garoto, que pareceu nada entender, porém havia coisas mais curiosas para se verem e serem explicadas, aliás tudo era novo, tudo era novidade, tudo era diferente. Foram juntar os trastes que estavam amontoados na estação. A noite caía. No balcão do bar da rodoviária, Alcides tomava um café e perguntou a um senhor onde arranjaria uma pensão para passarem a noite. Vendo a condição de andarilhos da família, mal vestidos e, aparentemente, necessitados de dinheiro, o homem achou mais apropriado indicar-lhe um albergue noturno.

Desceram a rua Pedro de Toledo, contornaram o pequeno cemitério e pela Francisco Maia chegaram ao albergue do Centro Espírita "Luz e Caridade". Lá tomaram um banho de verdade, receberam um suculento prato de sopa cada um e um beliche onde, finalmente, puderam dormir por uma noite inteira em bons colchões, sem o incômodo de animais rondando por perto, sem os terríveis mosquitos que os maltratavam noites e noites durante a viagem quando, principalmente, Alcides e Inácio dormiam, praticamente ao relento.

Acordaram descansados e dispostos, e após um café reforçado pelas quitandas compradas no dia anterior saíram ele e Delma pela cidadezinha em busca de informações sobre José Tomazinho, o tio que ela acreditava ainda morar na cidade ou em alguma fazenda nos arredores.

Em vão procuraram informação em diversas lojas, bares, repartições públicas e junto a transeuntes. Ninguém parecia conhecer Tomazinho, nem dele tinham notícia alguma. Na praça, em frente à Igreja Matriz, alguém sugeriu a Delma que procurasse se informar no banco, no correio ou no Grupo Escolar. Se existisse no município alguém com aquele nome, receberia correspondência através do correio, poderia ter filhos no grupo ou utilizar-se dos serviços do banco. Desceram a rua N. Fanuele, chegando à pracinha onde encontrariam os locais indicados, cada um num dos lados da praça. No banco J. Nigro, havia uma fila com três ou quatro pessoas. Delma não entrou na fila. Aproximou-se do caixa indagando sobre o tio. O rapaz, sem lhe dar muita atenção, apenas balançou a cabeça negativamente. O terceiro homem da fila, um senhor de cabelos grisalhos e longos bigodes brancos, ouvindo a conversa, interessou-se, dirigindo-se muito solícito a Delma.

— Por acaso, a senhora está falando do Tomazinho, irmão daquele que morreu naquela confusão no acampamento do Paradouro? Delma teve um sobressalto. Tinha evitado até aquele momento mencionar o drama pelo qual havia passado na infância. Nem mesmo com a família gostava de comentar aqueles fatos; esquivava-se sempre que a curiosidade era despertada nesse sentido.

Confirmou. Sim!, era o mesmo homem. Explicou, resumidamente, ao velho que vinham de muito longe em busca daquele parente, o único que ainda julgava ter. Apresentou-lhe então o marido e os três saíram para sentar-se num banco da praça. Ali o bom homem informou-lhes que o tio havia trabalhado numa fazenda, a Faisqueira, há alguns anos, mas se mudara, provavelmente para Campinas, e dele não tiveram mais notícia alguma. Notando o desânimo do casal diante da informação, perguntou-lhes se podia ajudá-los de alguma maneira.

— Precisamos de trabalho e de onde morar, falou Alcides, que até então se mantivera mudo.

— Por acaso, lá na fazenda, estão precisando de gente para a colheita do café, informou-lhes o velho, e o administrador é meu filho, José Faustino, que, também, por acaso, está na cidade e vai almoçar lá em casa. Se vocês quiserem falar com ele, estão convidados a comer conosco. Aceitaram sem rodeio.

Alcides e Delma acompanharam aquela alma caridosa até sua humilde mas aconchegante casinha, não muito distante do albergue onde deixaram os filhos. Para surpresa do anfitrião, agradeceram e recusaram o almoço que lhes era oferecido, alegando que tinham pressa em voltar a ver os filhos que ficaram sozinhos. Não eram mendigos; não eram pedintes. Queriam trabalho, apenas uma oportunidade de ganhar o próprio sustento. Não queriam incomodar o bondoso velho mais do que já o tinham feito. Ademais, no albergue, os esperavam, certamente com o almoço pronto.

Conheceram José Faustino, o jovem administrador da fazenda Faisqueira. Este explicou-lhes que a fazenda era de propriedade de um ricaço da capital, doutor Adriano Vitalino Mendonça, que tinha outras fazendas mais importantes em diversas regiões, inclusive no Mato Grosso, e que pouco ligava para o que acontecia na Faisqueira, principalmente após a crise que levou o governo a queimar café, sem que o preço voltasse a compensar investimentos na produção. Apenas uma vez haviam visto o patrão pessoalmente. A comunicação era feita por telégrafo e correspondência no correio ou, quando possível, por telefone, mas a ligação para São Paulo, naquele tempo, era questão de sorte. O filho, sim. Visitava a fazenda quase todos os anos em suas férias escolares. Adriano, ou simplesmente Naninho, como era chamado — e disso fazia questão entre os colonos da fazenda — era filho único do grande Adriano Vitalino Mendonça, que naquele ano estava fazendo sua estreia na política, como candidato a deputado.

Nem assim vinha visitar Caconde, desgostoso que estava com a fazenda. Preferia cuidar de outras mais propícias à atividade agropecuária. O café definitivamente não era seu ramo de negócio preferido.

José Faustino era homem de confiança. Prestava conta da safra de café, a única atividade que ainda interessava ao patrão na Faisqueira. Havia a agricultura de subsistência, mas isso era atividade que ele deixava a cargo do administrador e sobre a qual não lhe exigia satisfação nem retorno. Tudo ficava com os colonos que, assim, conseguiam viver na entressafra do café.

O acerto entre Alcides e José Faustino foi rápido e satisfatório para ambos.

Durante a colheita do café, receberiam por alqueire colhido e, após a colheita, fariam novo tipo de acerto. Havia uma casa desocupada na fazenda onde a família poderia se acomodar até o final da safra, ou continuar nela, dependendo do acerto que fizessem quando chegasse a ocasião. Não pagariam aluguel. Ficou combinado que no dia seguinte, bem cedo, um carro de bois iria apanhá-los no albergue.

Despediram-se, e voltaram empolgados ao albergue, onde contaram as boas novas aos filhos. Rosinha não cabia em si de felicidade por ter, finalmente, uma casa com água em abundância e poder fazer tudo que a mãe idealizara em sua vida, sempre cerceada pela seca da terra, agora tão distante. Inácio, como sempre, demonstrou indiferença. Deraldo quis saber se na fazenda tinha *soivete*. Com o emprego e acomodação garantidos, Alcides podia gastar um pouco mais do dinheirinho que guardava. Foi ao mercado municipal, à padaria e depois ao açougue, comprando boa quantidade de legumes, frutas, pães de vários tipos, linguiça e carne. Entregou tudo ao mantenedor do albergue, que deu graças a Deus. Sabia que havia cometido extravagância, mas percebeu naqueles dois dias que a situação daquela casa era das mais difíceis. Sempre havia gente demandando pousada, um prato de sopa e, às vezes, até ajuda em dinheiro, para aquisição de uma passagem para outras cidades. O albergue era mantido graças à benevolência de algumas pessoas agregadas ao Centro Espírita, homens e mulheres, muitos deles de condições financeiras até precárias, mas de fé e caridade indefectíveis. Havia também colaboradores mais aquinhoados e, assim, mantinham aquela casa de caridade em condições de recolher e atender, embora precariamente, a andarilhos e indigentes que ali buscavam guarida provisória, um paliativo para quem estivesse de passagem pela cidade, ou para algumas famílias que lá levavam crianças em busca de um prato de sopa. Para aquela equipe não importava a religião, a origem, a cor ou o estado do necessitado.

Tinham por lema que "na caridade reside a salvação" e, assim, não se importavam de dar o que podiam em auxílio a quem necessitasse. Ali não se impunha nada a ninguém, a não ser conselhos a propósito dos males causados pelo álcool, já que a maioria dos andarilhos se apresentavam em deplorável estado de saúde e, invariavelmente, embriagados, em busca de pouso.

Na manhã seguinte, um carro com quatro juntas de bois chegou à porta do albergue. O carreiro procurava por um tal de Alcides. Puseram no carro seus xurumbambos e partiram rumo à Faisqueira.

Foram cerca de quinze quilômetros percorridos com lentidão, em quatro horas de gemer de cocão e tilintar da vara de ferrão que era apenas balançada. José Faustino não permitia que maltratassem os bois. Era um dos poucos motivos de demissão naquela fazenda.

A casa de três quartos, sala, cozinha e uma pequena área na porta da frente era de pau a pique e, pelo aspecto, estava abandonada há anos. Com efeito, informou-lhes dona Sandra, a esposa de José Faustino, que a última família havia saído dali há muito tempo e a casa ficara fechada, uma vez que, não havendo grande safra de café, não havia necessidade de contratação de colonos e, há muito, não tinham ali uma safra como a que estava prevista para aquele ano.

O carro que os havia trazido da cidade trouxera também panos e peneiras para a colheita. Tudo aquilo era estranho para a família. Panos de café, umas estacas de madeira e uma grande quantidade de peneiras. Eles nunca haviam participado de uma panha de café, nem mesmo estado tão perto de tantas árvores verdes, salpicadas de frutinhas avermelhadas e amareladas. Deraldo conseguiu até se esquecer do *soivete*, diante de tantas novidades.

Delma sentiu indizível emoção ao abrir a porta e penetrar na sala. Na parede branca, dentro de um quadrado, escrito com carvão, lia-se **José Tomaz e Honória**. Embaixo dos nomes, uma data de dez anos atrás.

Naquela noite, acomodaram-se como podiam em colchões esparramados pelo chão. Pela primeira vez nos doze anos de vida, Rosinha teve um quarto exclusivamente seu. Pôde trancar a porta com a grande chave e dormir completamente nua, até que o frio da madrugada fez-lhe ver como o clima do Sul era diferente daquele que nunca esfriava na sua antiga terra.

Lá fora, galos e pássaros cantavam. Nascia um novo dia. Um novo dia começava e, com ele, uma nova vida para aquela família, que soubera enfrentar o inferno, mas que, finalmente, talvez conseguisse condições mais humanas na Faisqueira, ao lado daquela gente que até então pareciam santos de bondade; naquela terra que parecia oferecer-lhes de tudo, em troca apenas do trabalho.

Delma foi a primeira a levantar-se e acordou a todos. A primeira não, logo deu por falta de Deraldo, que não estava ao seu lado onde havia se deitado na noite anterior. Abriu a porta e saiu desesperada para o terreiro. A cerca de dez metros da porta, uma grande bica d'água despejava grosso jorro duma altura aproximada de um metro. Embaixo da bica, o menino sentado cantava e esparramava água para todos os lados. Era a mais perfeita versão de alegria que puderam presenciar, uma alegria que contagiou a todos e, pela primeira vez, a família inteira banhou-se à vontade sob tão deliciosa bênção de Deus, sem se preocupar com economia.

Logo, alguns vizinhos foram chegando para dar-lhes, aos seus modos, as boas-vindas, que consistiam num bule de café quente, pães feitos em casa, broas de amendoim, manteiga caseira e até um frango temperado.

Uma senhora gorda e sorridente logo se sentiu atraída pelos novos vizinhos, especialmente por Delma, a mais atenciosa da família. Dona Leocádia era, evidentemente, a fofoqueira da fazenda, mas pessoa de notável bondade, e entre elas brotou logo grande amizade. Leocádia não entendia a empolgação daquele povo, especialmente das crianças diante da bica d'água. Delma teve que lhe explicar detalhadamente como era a vida no Nordeste. Parecendo não acreditar que existisse "lugar tão ruim", exclamou:

— Mas isso é o fim do mundo, é o *cumunismo* que chegou por lá.

Após o almoço, Leocádia levou Delma, Rosinha e Inácio aos fundos da casa, onde, na margem do ribeirão, num terreno úmido, cavaram, arrancando pelotas de uma argila branca, a tabatinga, como chamavam aquele barro. Levaram-no para dentro, dissolvendo-o em água numa grande bacia. Com brochas improvisadas de vassoura-do-campo, pintaram todas as paredes e o fogão de lenha. Alcides e Inácio pintaram tudo por fora, e Deraldo... o garoto bem que quis ajudar, mas acabou ficando tão branco quanto a casa. Pintou-se a si próprio. Felizmente, a tabatinga era apenas argila, fácil de se tirar do corpo, e inofensiva. O garoto mergulhou novamente sob a bica d'água e dali só sairia Deus sabe quando. A pintura secou rapidamente e a casa toda ficou branca como leite. José Faustino explicou-lhes que era possível variar a cor adicionando-se à tabatinga corantes como anil, urucum e outras tinturas.

Mas aquilo era experiência para o futuro; a casa estava que era uma beleza, na opinião dos vizinhos.

À tardezinha, o administrador presenteou Inácio com uma vara de anzol devidamente equipada. Orientado pelo homem, ele desceu até a margem do ribeirão. Ali havia minhocas em grande quantidade. Meia hora depois, voltava com uma fieira de lambaris, uma festa para a família, especialmente para Deraldo. Alguns dos peixes, ainda vivos, foram colocados numa bacia com água e somente aquela novidade conseguiu arrancar o garoto de debaixo da bica.

O carro de bois havia retornado à cidade bem cedinho, e à tarde chegou trazendo para os novos moradores algumas roupas, cobertas, uma mesa com cadeiras de palhinha, panelas, talheres, querosene, e outros objetos e coisas diversas, necessárias ou não. Conforme propôs José Faustino, tudo foi comprado na conta da fazenda e o dispêndio seria abatido em parcelas, nos pagamentos que receberiam pelo trabalho na colheita.

No dia seguinte, antes de amanhecer completamente, todos já estavam no cafezal com os novos companheiros. Num pano, ficaram Delma e Rosinha, orientadas pela constante presença de Leocádia, acompanhadas de Deraldo, que colhia os grãozinhos do barrado, até onde podia alcançar. Na verdade, chupava mais que colhia. Aquelas novidadezinhas avermelhadas e docinhas, apesar dos bichinhos brancos, eram para ele mais que um *soivete*, e tanto chupou as danadas das frutinhas, que teve três dias de dor de barriga. Achou que a diarreia o incomodava, mas o doce daqueles grãozinhos compensava qualquer dissabor. Em outro pano, Alcides e Inácio rapidamente pegaram o jeito, e acompanhavam sem dificuldades os apanhadores mais experientes.

No primeiro mês de trabalho na colheita, a família quitou a dívida contraída com a fazenda. A partir daí, passou a adquirir bens que jamais sonharam ter em casa. Melhores roupas, cobertores para amenizar o frio a que não estavam acostumados, móveis novos, calçados e utensílios diversos para a casa. Durante toda a colheita, a cada mês compravam alguma coisa até que, ao final, não tinham nenhuma preocupação com as costumeiras necessidades a que se haviam submetido durante tantos anos.

Foi um excelente ano quanto à produção. José Faustino não se lembrava de uma safra tão rica. Por outro lado, os preços subiram consideravelmente e a renda da Faisqueira, naquele ano, foi a maior de sua história.

Por telefone, o administrador entrou em contato com o patrão em São Paulo, transmitindo-lhe as boas novas. Já haviam instalado um posto telefônico na cidade e as ligações eram feitas através de uma central na cidade de São João da Boa Vista. Aquilo, sim, era progresso, alardeava o prefeito que conseguira o feito. Já era possível conseguir uma ligação para a capital em menos de duas horas e a melhoria era tanta, que se conseguia ouvir, quase que nitidamente, o interlocutor a gritar do outro lado da linha.

Adriano Vitalino Mendonça, em reta final de campanha política, determinou que parte da receita da fazenda lhe fosse enviada. O restante era para ser aplicado em melhorias a critério de José Faustino. Com total liberdade para agir, ele adquiriu vacas de leite, cavalos, uma carroça, e a grande novidade da região: um caminhão. Não que pretendesse aposentar o velho carro de bois ou as carroças. A fazenda não dispunha de estradas adequadas àquele veículo. Por isso, o carro de bois, a carretela e as carroças eram imprescindíveis nos trabalhos.

Faustino não quis tirar carteira de motorista; achava que não dava para a coisa. Manoel Lopes, sim. Aquele tinha nascido para guiar. Ficou sendo o motorista da fazenda.

As viagens à cidade, que antes eram feitas até em quatro horas, agora não chegavam a duas, e só não eram ainda mais rápidas devido às péssimas condições das estradas e o grande número de pessoas que eram recolhidas ao longo do caminho. O caminhão sempre chegava na cidade apinhado de gente, balaios, cestas, rolos de fumo, bichos e aves. Na volta, eram gente, sacos de sal, latas de querosene, pacotes de roupas e outros bens não produzidos na terra. Aquele passou a ser o principal meio de transporte para as famílias que residiam ao longo da estrada. José Faustino não permitia cobrança de espécie alguma pelas caronas, nem mesmo um agrado como um frango, um pouco de mantimento, nada. Determinara a Manoel que levasse quem fosse encontrado pelo caminho. O motorista cumpria à risca a determinação. Nunca ninguém ficou na estrada quando o caminhão passava.

Com o final da colheita, todos os colonos teriam que se voltar para outras atividades na fazenda. O grupo foi dividido, atribuindo-se a cada família o encargo para o qual apresentavam melhor aptidão. Manoel Lopes, que já era encarregado do caminhão, passou a tomar conta de todo o transporte, incluindo em suas responsabilidades a manutenção de tudo que tivesse rodas. Os filhos, Fernando e Sérgio, eram seus auxiliares. Juntos, cuidavam da manutenção de toda a "frota", incluindo aí as carroças, charretes, o carro de bois e, naturalmente, o caminhão que só o pai podia dirigir.

Domingos Ramos gostava de animais e tinha jeito para a lida. Era o melhor retireiro da região. Passou a cuidar de todo o rebanho bovino. Tirava o leite, distribuía as quotas a todas as famílias, conforme o número de pessoas, curava e tratava os animais, e mantinha limpo o curral. Sua esposa e as duas meninas faziam queijo e manteiga do excesso de leite, produtos que também eram distribuídos a todas as casas da colônia.

Havia o monjolo e o moinho de água onde produziam o fubá, a canjica e a farinha de milho, além do beneficiamento do arroz e do café. Aquele era o departamento de Dona Antônia e os filhos pequenos, oito ao todo. O marido a auxiliava sempre que estava ocioso. Da mesma forma, tudo era distribuído a quem necessitasse, sem ninguém pagar por nada.

Dona Isabel era a quitandeira e, praticamente, não havia quitanda que ela não fizesse no enorme forno que Pedro Pedreiro construíra. Pedro respondia pela manutenção das casas. Não era o melhor dos pedreiros, mas na região era um dos que mais sabia sobre o ofício. Além das casas da colônia, ele mantinha em bom estado e aspecto a casa de José Faustino e a casa-grande, que ficava o tempo todo fechada, só sendo aberta por Dona Sandra, para uma faxina mensal, ou quando Naninho ficava na fazenda em suas férias.

Os cereais também eram um bem comum. Numa espécie de mutirão, derrubavam a mata, faziam a coivara, plantavam, colhiam e armazenavam tudo na grande tulha. O arroz, o feijão, o milho, a batata, o amendoim eram distribuídos gratuitamente às famílias conforme suas necessidades. Ninguém pedia mais que o necessário; sabiam que sempre que precisassem o administrador os atenderia. Não careciam de estocar alimentos e gostavam de seguir a filosofia de José Faustino que dizia que o homem chega mais perto da felicidade quando aprende a viver com o necessário.

Na cabeceira do ribeirão, construíram um grande açude. Utilizaram picaretas, pás, enxadões; o carro de bois e as carroças puxaram grande quantidade de pedras para o aterro. Povoaram o açude com uma ampla variedade de alevinos, trazidos de uma fazenda distante, e em pouco tempo tinham peixes em abundância. Todos pescavam apenas o suficiente para a alimentação da família. As crianças eram encarregadas de tratar o açude com restos do monjolo, do moinho e das cozinhas.

Delcídio com a família cuidavam do mangueiro e dos chiqueiros, tudo limpinho e bem arrumado. Os porcos eram criados no mangueiro até certa idade, quando então eram castrados e recolhidos aos chiqueiros para engorda. Quando estavam no ponto, eram abatidos e a carne e o toucinho distribuídos a todos. Chegavam a abater até dez capados de uma só vez. O toucinho era frito. Dona Gertrudes misturava o torresmo com outros ingredientes, juntava a decoada do barreleiro e fazia grandes bolas de sabão, que também eram distribuídas entre as casas. A gordura era acondicionada em grandes latas, onde conservavam a carne frita. Abatiam também bovinos, duas ou três cabeças por mês, para distribuição da carne. Henrique se encarregava de tudo; de abater, de retirar o couro, esquartejar e distribuir. A barrigada ia para os chiqueiros e para o açude; dos chifres, faziam remédios, recipientes, ornamentação e outras invenções. Dos pés, o mocotó. O couro, curtido ou cru, era aproveitado na manutenção da tralha de Manoel Lopes. Com ele, consertavam-se os arreios, confeccionavam-se laços, rebenques, cabos de cabresto e, como dizia Henrique, do boi só não aproveitavam o berro. Ele era mestre também na arte de tecer, inclusive a taquara e o cipó com que fazia peneira, esteira e balaio.

Zé Elói, vindo das bandas de Poço Fundo, era fumeiro de fama inquestionável. Quando as folhas estavam maduras e no ponto, ele as apanhava para a destala. Essa atividade era a mais esperada na fazenda. Normalmente à noite, um grupo se reunia no barracão em volta do fogo. Faziam grandes latões de leite queimado com rapadura e rebentavam enormes quantidades de pipoca. Enquanto comiam e destalavam as folhas, ouviam os casos contados com maestria por Zé Elói. Eram interessantes casos de reinados, assombração, folclore e até lendas da mitologia grega, cujos heróis e mitos citados nem sempre mantinham o nome original.

A SOMBRA DO ARCO-ÍRIS

Tão fantásticos eram os casos contados por Zé Elói, que Delma vivia incentivando-o a participar de uma festa típica promovida na cidade mineira de Poços de Caldas. A festa do *Uai*, como era conhecida, tinha como objetivo principal a preservação e a divulgação da cultura caipira, e um dos principais atrativos era o *festival de casos*, que reunia os maiores contadores de casos da região.

Tanto Delma insistiu, que Zé Elói deixou que ela o inscrevesse no evento e, quando chegou o dia, uma verdadeira romaria da Faisqueira dirigiu-se ao festival para prestigiar o representante da fazenda, que voltou com o prêmio de segundo colocado contando um dos casos que mais impressionava os ouvintes de até então na Faisqueira.

Diante de centenas de populares e uma comissão julgadora, o herói da Faisqueira, naquela tarde, assombrou jurados e a grande plateia, contando no seu linguajar, caipira, mas com boa dicção e expressão corporal hilariante, sobre o palco improvisado, *O quarto do Enforcado*.

O texto foi adaptado, uma semana depois, por Delma que, finalmente, conseguiu saciar sua sede de publicar alguma coisa. Com extremo cuidado para não violentar o estilo e o enredo de José Elói, escreveu o caso, remetendo o escrito ao jornal *Coisas de Caconde*, informando os editores da façanha do autor que representara com galhardia a pequena cidade, tudo acompanhado de recorte de um jornal mineiro, comentando o evento, com menção especial a Elói.

O conto foi publicado e conhecido em toda a cidade e outras localidades aonde o jornal chegava.

José Elói foi agraciado com uma medalha de honra ao mérito e Delma com pequeno incentivo pecuniário, que nunca foi retirado por falta de... não se sabe, mas até quem já o tinha ouvido leu e releu arrepiado — estranho caso — assim escrito:

O QUARTO DO ENFORCADO

O último boi passou pela cancela, completando a contagem exata de oito-centas cabeças recolhidas aos currais da fazenda Pedra Grande, no sul de Goiás.

O capataz, Honório Bento, moço de cerca de quarenta anos, já nem se lembrava de quantas boiadas havia conduzido pelos caminhos de Minas até o grande estado da capital federal. Naqueles tempos, em que o progresso na região era ainda incipiente, caminhando a passos de boi velho, todo transporte era realizado a custas de cavalgaduras, atravessando prados e vilarejos — as currutelas, pouco conhecidas, regiões solitárias e inóspitas.

Naquela viagem, entregue a boiada, quando a crescente se vestia para sair, Honório acomodou seus vinte e dois boiadeiros em redes improvisadas no galpão da fazenda e requereu ao fazendeiro farta matula para a viagem de volta na manhã seguinte. Após quase três semanas de árdua cavalgada atrás do gado, estava exausto, porém maior era a saudade dos pais e da morena Izilda, a noiva deixada na distante Minas Gerais. Os companheiros descansariam mais um dia na Pedra Grande, onde, à noite, certamente iriam à vila mais próxima "tirar o pó da garganta" e distrair-se com algumas goianas que, porventura, estivessem disponíveis.

Quando um galo rouco anunciou a manhã, Honório arreou o Serelepe, cavalo companheiro de incontáveis jornadas, e iniciou a viagem de volta.

Cavalgou durante o dia todo, parando duas ou três vezes apenas para dar água ao animal e a si próprio. A matula que trazia era consumida sobre o arreio, de modo a não perder tempo, e o passo do Serelepe era apressado.

No crepúsculo, calculou já ter vencido mais de cem quilômetros, e ao avistar uma casinha ao longe, decidiu lá pedir pousada.

Nuvens carregadas começavam a regar a campina com esparsos pingos, e sua chegada à casinha deu-se sob forte aguaceiro. Honório bateu à porta de madeira rústica, sabendo, pelo aspecto do casebre, que há muito estava sem morador. Sentiu-se satisfeito, pois não era pessoa que gostasse de incomodar os outros. Criado que fora praticamente sobre a montaria, estava habituado a dormir ao relento, na solidão dos prados.

Desarreou o Serelepe e soltou-o com o cabresto envolto no pescoço, de maneira que o animal soubesse que ficaria à disposição do dono nos arredores do terreiro.

Soltou o arame enferrujado que prendia a porta ao umbral e penetrou na pequena cozinha, onde um fogão à lenha ainda sustinha restos de tições. Numa precária cobertura de sapé, no terreiro, encontrou algumas lascas de madeira secas com as quais conseguiu reviver o velho fogão. Sobre ele, dependurou suas roupas molhadas para secar. Improvisou, com os baixeiros e o coxinilho, uma cama no chão de terra batida da cozinha, onde esticou seus ossos cansados. Lá fora, a chuva continuava, agora aliada a relâmpagos e trovoadas que pareciam balançar o casebre.

Quando o moço rezava sua costumeira oração antes de dormir, pareceu-lhe ouvir uma espécie de choro. Apurou os ouvidos e ficou atento. A noite escura, com o fogão já quase apagado, caiu por completo.

Pensando naquele gemido, Honório não conseguia pegar no sono e, decorridos cerca de dez minutos, teve a certeza de ouvir, vindo do baixo porão sob os grossos baldrames, novo gemido que misturava choro e lamento, sem dúvida, humanos. Vieram-lhe à mente velhos casos de assombração e almas do outro mundo contados ao redor do fogo, nas pousadas, por boiadeiros e peões mais velhos. Ele era homem que não temia nenhum ser vivo, porém não era tão corajoso quando se tratava de coisas do "outro mundo". Na averiguação que fizera em busca de lenha seca, certificara-se de que o porão era muito baixo e totalmente vedado, de forma a não permitir a entrada de um gato sequer. Com o corpo a tremer de pavor, retomou as orações enquanto voltava o rosto para a porta aberta do quarto ao lado.

Subitamente, um relâmpago mais forte inundou a casa clareando aquele aposento e ele, estarrecido, vislumbrou, na parede, a sombra de um corpo enforcado balançando.

Num salto, ganhou o terreiro encontrando o cavalo pastando nas proximidades. Colocou-lhe o freio e o arreamento e, em poucos minutos, Serelepe galopava campina afora, como se sentisse o mesmo pavor que o dono.

Amanhecia, quando avistou uma morada, de cuja chaminé saía um penacho de fumaça. Chegando à porteira do pequeno curral, deparou-se com um homem que tirava leite de três ou quatro vacas. Cumprimentou-o e foi convidado a apear-se. Logo depois, estava na cozinha, onde a dona da casa fritava algo no fogão à lenha.

Seu Júlio, no passado, também fora tocador de boiada, mas havia deixado a lida, ao conhecer e casar-se com Dona Cândida, com quem tivera as três crianças que, curiosas e tímidas, observavam a visita por uma fresta na porta do quarto.

O passado em comum despertou simpatia entre os dois homens que, logo, conversavam como antigos companheiros.

Enquanto mastigava avidamente os bolinhos de fubá, acompanhados de leite quente, Honório, sem mencionar o ocorrido na noite anterior, perguntou ao novo amigo a quem pertencia aquele casebre, e se há muito estava desabitado. Com jeito de tristeza e saudade, seu Júlio respondeu-lhe que ali morava compadre Joaquim Dantas, que além de compadre, era seu maior amigo. Ele havia se mudado para longe, muito desgostoso, quando seu filho moço, a quem ele, Júlio, havia batizado — dizem que por causa de uma morena lá das bandas de Curvelo — num domingo à tarde, entrou no quarto e passou uma corda no pescoço.

Adultos e crianças, enquanto ouviam os casos de Elói, iam formando sobre os joelhos as carneiras — como eles chamavam os montinhos de folhas destaladas, abertas ao meio no sentido longitudinal, sem os talos e perfeitamente sobrepostas. Destaladas, as folhas voltavam para o estaleiro, onde ficavam expostas ao sol até que estivessem no ponto para serem acochadas. Aí formavam uma imensa corda verde que era enrolada em paus de assa-peixe. Todos os dias Elói tinha que virar os rolos de maneira que as pontas de dentro ficassem para fora e vice-versa. Quando os grandes rolos começavam a escurecer, soltavam o mel de fumo, um melado preto e viscoso, de extrema utilidade para lubrificar rodas, amaciar couro cru e curar bernes e parasitas dos animais. Quando prontos os rolos do melhor fumo de toda a região — como diziam por unanimidade em Caconde — reservavam uma quota para os pitadores da fazenda e vendiam o restante para engordar o caixa e adquirirem produtos como o sal, a querosene, tecidos etc.

Delma, Rosinha e Deraldo eram responsáveis pela horta, também comunitária, e pelo pequeno pomar. Havia uma rica variedade de verduras e legumes. O pomar era ainda tímido. Naquelas árvores já cansadas, só havia minguada produção de laranja, mexerica, caqui, goiaba, banana e alguns pés de jabuticaba que não davam mais nada. Delma não aceitava aquela miséria numa terra tão boa e farta de água. Tanto azucrinou a cabeça de José Faustino, que ele acabou por encomendar na cidade uma grande variedade de novas mudas, que a família plantou no velho pomar.

Dona Leocádia era a costureira oficial da fazenda. Fazia de tudo em sua maquininha tocada à mão. Calça, camisa, vestido, blusa, saia. Blusa muito decotada e saia muito curta, não. Aquilo para ela era "o fim do mundo, o *cumunismo* que chegou".

Frangos, todos podiam criar, e todos possuíam frangos, galinhas, ovos em abundância. Se uma família, por qualquer motivo, não dispusesse daqueles bens, era só escolher nos terreiros a ave, ou nos ninhos os ovos. Ninguém vendia nada a ninguém. A venda do excesso era feita na cidade ou em fazendas e sítios da vizinhança por José Faustino, que guardava o dinheiro para comprar as raras coisas que não produziam, o que também era dividido. Tudo ali era um bem comum e todos trabalhavam felizes, valorizando a solidariedade e o bem-estar da comunidade.

Alcides adaptou-se rapidamente aos novos costumes. Era trabalhador incansável e sempre disposto a auxiliar um vizinho, um companheiro. Era estimado por todos, principalmente por José Faustino. Logo no início da convivência naquela comunidade, alguém, notando seu sotaque diferente, chamou-o baiano e Baiano passou a ser o seu nome em toda a fazenda, exceto entre a própria família.

Rádio só havia na casa do administrador, e lá o pessoal se reunia quase todas as noites para ouvir Tonico e Tinoco, Serrinha e Caboclinho, Zé Carreiro e Carreirinho, Luizinho e Limeira, Palmeira e Biá, Torres e Florêncio, e uma infinidade de novas duplas sertanejas que começavam a aparecer na programação de rádio, principalmente na rádio *Nacional*, a mais ouvida.

No terreiro, a criançada se divertia com as brincadeiras de *bola atrás*, *pega-pega*, *cabra-cega*, *passar anel* e outras que criavam ou que lhes eram ensinadas pelos adultos. A brincadeira principal era a cantiga de roda: "*Sou rica, rica, rica...*", "*Eu fui no Itororó...*", "*Se eu fosse um peixinho...*", "*Se esta rua, se esta rua fosse minha...*", "*A canoa virou...*". Era uma infinidade de motivos que vinham de tempos remotos, sendo passados, tradicionalmente, de pais para filhos.

Havia aquela brincadeira em que um menino escolhia uma menina para ser sua princesa, seu par. Nessa, em particular, Rosinha reinava soberana e absoluta. Era constantemente escolhida pelos meninos. Era, disparado, a garota mais bonita e mais meiga da fazenda e, diziam, da região. Pessoas paravam nas ruas da cidade ao vê-la, tímida, passar. Era um fenômeno com seus olhos esverdeados, cabelos negros, semiencaracolados, cor morena, corpo já quase formado e os peitinhos marcando dois pontinhos que se sobressaíam sob a blusa. Não gostava daquela brincadeira; era terrivelmente disputada, causando inveja às demais meninas e mocinhas. Queria ser amiga de todos; não gostava de ficar "de mal"; não devia ter inimigos, assim lhe ensinava a mãe. Por isso, sempre que uma brincadeira tendia para essas escolhas ela, se não conseguisse mudá-la para outra, pretextava qualquer coisa e ia para a cozinha juntar-se às mulheres que, invariavelmente, estavam colocando as fofocas em dia, contando piadas, trocando receitas e tomando leite queimado com rapadura acompanhado de pipoca e amendoim.

A rapadura substituía com vantagem ao açúcar. Lourenço era o "engenheiro" da fazenda. Em seu engenho, entrava a cana e saía a garapa, o melado, a rapadura e — o mais importante para eles — a "marvada", ou seja, a cachaça. O bagaço era utilizado para alimentação do gado e como esterco para a horta.

As crianças saíam pelos pastos, onde recolhiam em balaios os montes de bosta de vaca secos. Juntavam tudo ao esterco do curral, que era curtido e utilizado em substituição ao adubo, que muitos nem conheciam na região.

Alcides, que fora criado com o xaxado, o baião, o frevo e outros ritmos do Norte/Nordeste, estranhou, a princípio, a música sertaneja que dominava São Paulo, Minas, Goiás, Mato Grosso, Paraná e sul da Bahia. A moda de viola, o cateretê, a querumana, a polca, a guarânia, o pagode eram ritmos dominantes, diferentes daqueles seus conhecidos, porém aos poucos ele os foi assimilando e por eles tomando gosto de modo a ser, logo, um dos primeiros a chegar à casa do administrador para ouvir os programas sertanejos.

Havia também os irmãos Gomes, cantadores sertanejos conhecidos até na cidade, que já haviam até cantado na rádio de uma cidade vizinha a Caconde. Os dois irmãos, Pedrinho e João, eram exímios violeiros e donos de "um par de vozes de cristal", como dizia Dona Sandra. O irmão mais velho dos Gomes, Antônio, era o grande sanfoneiro de todos os bailes e João Mané, o melhor na arte de tocar pandeiro. Em datas especiais, como festas juninas, casamentos e fim de colheita, faziam um enorme barracão de bambu, cercado e coberto com lonas e panos de café. No centro colocavam uma grande mesa e, sobre ela, cadeiras, onde se sentavam os "músicos" para animar o "arrasta-pé" que chegava a amanhecer. A tábua era proibida e se, eventualmente, alguém que tivesse exagerado na *marvada* começasse qualquer confusão, era retirado do baile, e proibido de frequentar o próximo, se não estivesse completamente sóbrio.

Alcides não dançava. Ficava sentado num canto com Delma e Inácio, maravilhado com a música. A sanfona, invariavelmente, recordava-lhe José Carlos Monteiro, o ceguinho de Tupanatinga. O que estaria fazendo ele em São Paulo? Será que teria conseguido sobreviver naquela loucura de cidade, sem enxergar?

No último arrasta-pé que promoveram, quando se casaram Rubinho e Marília, João Mané, aquele do pandeiro, havia bebido além do recomendável. Não se sabe como começou o sururu, mas ele acabou por dar com o pandeiro na cabeça de uma velha, mãe da Ritinha, com quem queria se engraçar. Foi retirado do recinto, mas não sem tentar uma reação, logo contida pela turma. Na luta para retirá-lo, acabaram por arrancar-lhe, acidentalmente, as calças, deixando-o de ceroulas no meio da barraca. Aquele foi o fato mais cômico da história da Faisqueira e o mais escandaloso na história de Dona Leocádia, que o classificou como o "fim do mundo, o *cumunismo* que chegou".

José Faustino mandara Pedro Pedreiro edificar uma capelinha na fazenda. O oleiro Zico Reis fizera as telhas e os tijolos, enquanto Chico Carapina encarregou-se do madeiramento. Ali passaram a fazer novenas, rezar terços e até padre da cidade chegava a ir à fazenda para dizer missa e fazer batizado.

A Faisqueira prosperava sob o comando de Faustino. O sistema adotado fazia com que todos se sentissem meio donos das terras. Todos lutavam cóm grande disposição em benefício do progresso da fazenda e da comunidade. O progresso da fazenda era o progresso de todos. Os lucros aumentavam e Adriano, em São Paulo, agora deputado, ocupadíssimo com assuntos políticos, abandonara de vez o interesse por ela. Confiava plenamente em José Faustino. Recebia as remessas de dinheiro e longos relatórios sobre a aplicação da parte retida. Estava contente com o desempenho do fiel administrador; sabia que as melhorias aconteciam a olhos vistos. Nem mesmo o filho Naninho aparecera naqueles últimos anos. Enquanto o pai se via às voltas com a política, ele, já formado em agronomia, vivia sobrecarregado, entre as outras duas fazendas da família. A mãe era totalmente desligada de tudo e mal dava conta dos afazeres próprios da esposa de um deputado que ia se destacando no cenário estadual. A única irmã, Elza, aos dez anos, filha temporã, demonstrava interesse pelo trabalho do irmão, porém, em tenra idade, nada podia fazer para aliviar sua carga. Finalmente, vendo o desespero do filho para manter todos aqueles empreendimentos sozinho, o velho decidiu-se pela venda das duas propriedades, ficando somente com a Faisqueira. O fato preocupou Faustino e seus colonos, porém um telefonema de Naninho os tranquilizou; a Faisqueira não seria vendida enquanto ele ou o pai vivessem. Aquela propriedade era intocável, como intocáveis eram a casa-grande e o cavalo preto, Queimado, ambos utilizados somente quando Naninho aparecia por lá.

Deraldo ficava horas a fio debruçado na madeira da cerca namorando aquele animal de beleza ímpar. Nem mesmo o administrador, a quem tudo era permitido, podia ter o privilégio de montá-lo. Era reservado para o patrãozinho, que ele, Deraldo, nem sequer ainda tinha visto.

O tempo corria e ele crescia em tamanho, inteligência e sede de saber. Delma e Rosinha muniam-se de paciência para ensinar-lhe continhas de somar e tirar. Já escrevia os nomes de todos da família e lia algumas coisas sem muito embaraço.

Como o pai, estava sempre pronto a ajudar alguém e, ao contrário dele, sempre disposto a conversar, a perguntar, a responder e a participar. Nessa idade, ganhou de Delcídio um leitão órfão para criar. O animalzinho passou a ser sua principal preocupação. O pai construiu para ele um chiqueirinho de madeira e um cocho de cedro. Por diversos dias, alimentou o pequenino com uma mamadeira, mas logo o bicho aprendeu a comer sozinho e a dedicar-se à engorda, ingurgitando, avidamente, as abóboras, as mandiocas, os inhames e os restos da horta e da cozinha que Deraldo juntava.

Um dia, de manhã, Deraldo entrou no mandiocal da fazenda, onde tinha permissão para arrancar mandiocas para seu porquinho. Encheu o balaio e chegou arrastando-o até a cerca. Ali ficou num dilema. Não podia passá-lo por cima dos fios de arame; não tinha força o suficiente para tanto. Tampouco conseguia enfiá-lo pelos vãos ou sob o primeiro fio; não cabia. Nesse impasse estava quando, ao levantar a cabeça, deparou-se com o Queimado parado na beira da estrada, à sua frente. Esqueceu-se do balaio, das mandiocas e da cerca. Ali estava o rei dos cavalos, aquele que ninguém podia montar, o bicho mais bonito do mundo. Levantou os olhos e viu, espantado, aquele moço montado tranquilamente no animal, rindo para ele ou dele, não sabia ao certo. Na verdade, o moço ria de sua desajeitada luta com o balaio de mandiocas. Desceu do cavalo e aproximou-se da cerca. Sem nada dizer, apenas sorrindo, agarrou o balaio, passando-o por cima do arame e colocando-o sobre a cabeça do arreio. Era um moço forte e risonho. Camisa muito branca, de mangas longas e arregaçadas; calça escura, de tecido diferente do brim usado pelos colonos. Não usava botas nem sapatão como os outros. Usava um sapato preto, baixo e muito brilhante, como nunca o menino havia visto por ali. Sobre os cabelos pretos, muito compridos, estranhamente não usava chapéu. Como é que alguém podia andar sem chapéu? Ele próprio só tirava o chapeuzinho de palha da cabeça para nadar no ribeirão e para dormir. Deraldo era observador; nada lhe escapava. De repente, viu aquele moço pegar seu balaio e jogá-lo sobre a cabeça do arreio, montando em seguida. Teve medo. Teve receio de perder seu balaio com mandiocas e tudo. Seria aquele um dos *cumunistas*, um dos ladrões a que Dona Leocádia sempre se referia? Teria roubado o Queimado? Roubaria suas mandiocas?

Assim cismando, sem tirar os olhos do estranho, passou sob a cerca e ameaçou correr em busca do pai, mas o estranho encostou rapidamente o cavalo no barranco e, batendo na garupa, fez-lhe entender que era para montar. Montar no Queimado? Ele? Esqueceu-se do balaio, do medo; desprezou a prudência e a possibilidade de perigo. Num salto ágil, pulou na garupa e agarrou-se à argolinha do arreio. Então o moço falou pela primeira vez:

— Onde você mora?

— Lá atrás do bambu, respondeu emocionado.

— Como se chama?

— Deraldo de Assis Santana, às suas ordens (como lhe ensinara a mãe).

— Eu sou Naninho, ouviu do moço. De repente, compreendeu; Naninho era o patrão, o único que podia montar aquele cavalo, e que podia morar na casa-grande. Então era ele... Então, finalmente, iam abrir a casa... Destravou a língua e, na curta caminhada, deixou o moço tonto, com tanta falação. Fez-se íntimo daquele grã-fino que cheirava como o pé de dama da noite que Rosinha plantara na porta da sala. Aquilo era perfume. Era mais cheiroso que sabonete e mais gostoso que aquilo que o pai e Inácio passavam na cara quando faziam barba — presente da mãe.

Orientado pelo falante menino, chegaram à casa de Alcides. Naninho jogou o balaio no chão. Deraldo pulou, chegando ao solo junto com as mandiocas. Naquele momento, Delma saiu à porta. Ficou surpresa com aquele estranho tão bem vestido, montando o Queimado, e tão íntimo do filho. Cumprimentou-o educadamente. Naninho apresentou-se e foi convidado a descer do cavalo, como mandava a boa educação e a cordialidade na roça. Delma não sabia, ainda, que se tratava do patrão de quem tanto falavam na fazenda. O filho interveio, dizendo-lhe:

— Manhê, ele é o patrão do Zé Faustino. Ela ficou sem ação, mas logo o moço começou a se rir da colocação do menino e ela não resistiu, abrindo-se também numa discreta risada. Conversaram, e o moço acabou entrando para uma xícara de café que preferiu trocar por uma caneca de água fresca, tirada do pote de barro.

Inácio entrou apressado pela porta da cozinha. Deparou-se com Naninho e apenas disse:

— Dia. Retirou-se com a mesma pressa, desaparecendo na horta. Delma teve vergonha do filho. Não era um moço mau, mas avesso a amizades, refratário a atitudes sociais e cordialidades com estranhos. A cada ano, tornava-se mais isolado em seu próprio mundo. Seu comportamento preocupava a mãe, mas Alcides achava que sua atitude de bicho do mato, como dizia Rosinha, era normal. Inácio era trabalhador como o pai. Respeitava a todos e era prestativo; só não queria se entrosar, se misturar com outras pessoas, conversar mais do que o necessário. De namoro, nunca souberam, mesmo já tendo idade e pretendentes que o assediavam pela beleza e também pela esquisitice, diferente de todos os rapazes da fazenda. Misogamia? A mãe achava que não; que era só teimosia, mania de eremita mesmo, igual ao pai, um pouco pior, talvez.

Delma falava do filho, tentando desculpar-se pela sua conduta, quando entrou Rosinha. Ofegante, com um maço de verduras na mão e um cesto de laranjas no braço, parou no umbral ao deparar-se com a visita.

— Bom dia, disse sem saber se saía ou se entrava. Delma foi em seu auxílio, apresentando-a ao moço e vice-versa.

— Prazer. Foi o que ela conseguiu dizer. Era mais comunicativa que o irmão, mas não na presença de um moço tão bonito e de tanta elegância. Sua rara beleza também não passou despercebida a Naninho. Jamais havia visto tanta beleza e simplicidade numa moça. Tomou o resto da caneca de água e aceitou o café como pretexto para manter a conversação na presença da mocinha. Ficou por mais alguns minutos e despediu-se. Pela janela do quarto, Rosinha o sondava como se fosse a um ser proibido, um anjo celestial. Quando ele montou, olhou, repentinamente, para o lado, descobrindo-a na janela como se escondida. Sorriu-lhe e afastou-se garboso sobre o imponente Queimado.

Poucas horas depois, um menino apareceu à porta de Delma, dizendo--lhe que o patrão queria que ela fosse à casa-grande falar com ele. Ela, curiosa, encaminhou-se para o encontro.

Naninho esperava-a no alpendre, descansando no banco de madeira rústica. Convidou-a a sentar e ela o fez com a naturalidade e os bons modos aprendidos no passado. Não se comportava como "caipira" diante de pessoas importantes. Naninho foi direto ao assunto. Dona Sandra estava na cidade cuidando do sogro acamado e não podia cuidar da casa-grande e cozinhar para ele, como sempre fizera. Precisava de alguém para substituí-la e simpatizara-se com Delma. Em seu íntimo, esperava que Rosinha também viesse para ajudar a mãe naqueles afazeres que demandariam bastante tempo. A casa estava há muito fechada e necessitava de uma limpeza completa. Delma pediu prazo até o dia seguinte para resolver-se. Falaria com o marido. Alcides não se opôs. Era orgulho para eles servir ao patrão. Ademais, na fazenda só falavam bem daquele moço educado, fino e de confiança total. No dia seguinte Delma foi cuidar da casa-grande e do moço.

Naninho recebeu-a com alegria. Disse-lhe que fizesse tudo como se fosse em sua própria casa, especialmente a comida, que queria bem típica da fazenda;

nada de inventar coisas que não fossem comuns em sua própria mesa. Não queria saber daquelas tolices das quais ele estava farto de comer na cidade.

Delma fez tudo como determinado. Preparou arroz bem solto, feijão, virado de abobrinha, torresmo, salada de rúcula, uns pedaços de carne de porco curtida na gordura, e farinha de milho, tudo trazido de sua casa e da horta, dado que na casa-grande nada havia ainda para se preparar. Levou também o vidro de molho de cumari, sem o qual Alcides e Inácio não faziam uma refeição. Naninho devorou com avidez o prato simples e jurou que nunca havia comido refeição mais saborosa. Era sincero e, como se fosse prêmio pela sinceridade e educação, ganhou, como sobremesa, doce de casca de laranja em calda com pedacinhos de cravo no meio.

À noite, o patrão convidou alguns colonos a tomarem uma "marvada" na casa-grande. Queria falar com aquele povo simples novamente, na condição de companheiro, de amigo, de aluno daqueles experientes e sofridos matutos. A conversa acabou num acirrado jogo de truco que avançou até a madrugada, regado pelos tragos da cachaça. A dupla que perdesse a partida saía para dar lugar a outra desafiante, e assim iam avançando noite adentro, sem sentirem o tempo passar. Haviam, no início, batido cartas para a escolha dos parceiros. Naninho saíra com Alcides e a dupla apenas por duas vezes na noite deu lugar na mesa, mesmo assim com catorze a catorze tentos. Baiano era bom naquele jogo; sabia blefar quando necessário, assim como correr mesmo com o sete de copas, quando antevia o perigo na jogada, a presença imponente do zape. Naninho, que havia muito não se divertia tanto, gostou imensamente do jogo e do parceiro. Quando pararam exaustos, alguns saíram meio grogues com os goles da "marvada". No dia seguinte Naninho determinou feriado na fazenda. Mandou matar um boi e um porco e passaram o dia numa churrascada. Aqueles que se abstiveram dos tragos na noite anterior mais do que compensaram o sacrifício durante o churrasco. Muitos foram para casa tontos como "anu no cipó". Naturalmente, para Dona Leocádia, aquilo era o fim do mundo, o *cumunismo* que chegou.

A festança continuou à noite com os irmãos Gomes animando o arrasta-pé.

Rosinha, a mais linda flor da festa, embriagava a todos com sua exuberância. Naquela noite, havia caprichado como nunca no visual. Na fazenda não havia muitos rapazes solteiros e os poucos existentes compreendiam que eram "como sapos a querer uma estrela". Não mantinham esperanças em relação àquela perfeição. Contentavam-se com sua sincera amizade, seu meigo sorriso, assim como a amizade de toda a sua família. Apenas um ou outro mais afoito, às vezes, bem que desejava aventurar-se; todavia, respeitava, também, a peixeira do pai e limitava-se a admirar aquela fada intocável.

Naquela noite, Naninho tinha um motivo especial para continuar a comemorar o retorno à Faisqueira. Não vinha de férias como das outras vezes. Viera para ficar por tempo indeterminado. O sucesso da fazenda e as boas perspectivas do mercado cafeeiro levaram o pai a decidir-se por plantar mais alguns milhares de pés daquela planta que estava se tornando o "ouro verde" do país e do mundo. Naninho decidira, então, ir pessoalmente, como engenheiro agrônomo, administrar o empreendimento, agora extremamente promissor.

Nas várias vezes em que dançou com Rosinha, experimentou sensação inédita. A moça deslizava pela barraca em seus braços como uma pluma. O perfume, reconhecidamente barato, era suave e delicioso em seu corpo jovem e escultural. Eventualmente, embora dançando com todo o respeito que caracterizava aqueles bailes, sentia seus pequenos seios roçarem-lhe o peito. Ela percebia. Ficava rubra e sem jeito; procurava afastar-se mais, embora, no íntimo, seu desejo fosse o de colar-se àquele peito macio e perfumado. Perdiam, às vezes, o compasso. Como não podia deixar de ser, dona Leocádia percebera os olhares trocados entre os dois jovens, assim como a curta distância que às vezes ficava entre eles. Não disse nada por consideração à família toda, mas pensar, pensou, que aquilo era o *cumunismo* que havia chegado, que o mundo estava mesmo perdido.

Quando se despediram para irem embora, Alcides convidou Naninho para um café em sua casa. O moço, para surpresa do casal e felicidade de Rosinha, não só aceitou, como sugeriu um almoço com eles. Determinou, porém, que a comida fosse simples como aquela preparada por Delma na casa-grande. Nada que eles não fizessem para a família, normalmente.

Delma levantou-se cedo para preparar o almoço. Tinha que ser simples, mas tudo muito bem limpo e especial. Nunca vira a filha tão animada, correndo a toda hora da horta para a cozinha. Parecia esquecer-se de tudo e, constantemente, voltava a procurar por detalhes entre as verduras e legumes, pimenta, salsinha, cebolinha, frutas e doce.

Surpreendentemente, Inácio sentou-se à mesa com normalidade. Comportou-se de maneira mais social e conversou com Naninho sobre várias coisas, embora sempre resumidamente, demonstrando parco conhecimento, sempre acudido pela mãe. Tinha profunda afeição pelo irmão Deraldo, mas não demonstrava grande interesse pelos outros membros da família, tampouco por estranhos. Por Naninho, sim, pareceu sentir alguma simpatia. Delma achou que a imagem que ele tinha do patrão, até então desconhecido, devia ser das piores, mas, constatando sua humildade, sua simplicidade, achou-o amigo e simpático.

Quem mais demonstrava estimar o patrão era Deraldo. Considerava-o seu, por havê-lo encontrado primeiro, por haver andado no Queimado em sua garupa.

Naninho passou a frequentar mais assiduamente a casa de Alcides. Delma, por sua vez, começou a levar consigo a filha quando ia trabalhar na casa-grande.

Um dia, Rosinha tentava retirar um vaso de samambaia do pilar do alpendre para regá-lo, quando, desprendendo-se repentinamente do gancho, a planta começou a cair, vindo sobre ela. Sentado como sempre no banco de madeira ao lado, Naninho lia um livro. Quando percebeu o incidente, levantou-se rápido a tempo de agarrar, ainda no ar, o vaso que caía sobre o desespero da moça.

Estavam muito próximos um do outro. Naninho depositou o vaso sobre o banco e olhou para a moça assustada. Ela estava bonita como nunca; trêmula, sem jeito e sem pintura, em sua esplêndida beleza natural. Olhou-a nos olhos por alguns segundos e não resistiu. Puxou-a para si, beijando-a levemente nos lábios. Rosinha ficou inerte, paralisada e rubra de vergonha e emoção. Foi às nuvens num segundo. Seu primeiro beijo... Não teve tempo de se refazer. Quando se deu conta, Naninho a arrastava pelo braço em direção à cozinha onde se encontrava Delma. Ali, sem nenhuma cerimônia, pediu, como era costume local, a moça em namoro. Delma, colhida de surpresa, não soube o que dizer. Subitamente, como um relâmpago, uma ideia passou-lhe pela cabeça. Algo que ela idealizava havia muito veio à tona. Resoluta, encarou o moço, dizendo-lhe:

— Da parte de Alcides, não sei; vocês terão que se entender com ele, mas, de minha parte, proponho uma troca. O casal de jovens ficou surpreso e curioso. Delma continuou:

— Quero uma sala, onde pretendo, pelo menos, alfabetizar crianças e adultos. Na fazenda não havia escola. As crianças que estudavam o faziam na cidade, tendo que ficar em casa de parentes. Naninho sorria da proposta. Era, justamente, um de seus projetos para a fazenda. Prometeu a sala para breve; aliás, para agilizar a implantação, não esperaria pela construção. Colocaria, no dia seguinte, o próprio salão da casa-grande à disposição de Delma e seus alunos. Naquela mesma noite, na presença de Baiano, o namoro foi oficializado.

No dia seguinte, os móveis do salão foram retirados e Delma começou a arregimentar seu pequeno exército de analfabetos de idade variada. Dona Leocádia percorria com ela toda a colônia e até propriedades adjacentes, levando a boa novidade. Era uma mulher caridosa e pronta a servir. Não havia iniciativa nesse sentido em que ela não estivesse metida. Não tinha liderança nem grande imaginação, mas, chamada a colaborar, não sabia dizer não e ajudava com satisfação, sem nenhum interesse particular. Gostava do sistema de vida da fazenda. Ali nada faltava; todos se ajudavam e tinham de graça o bastante para se manterem. Não era como na cidade, onde, segundo diziam, havia competição, havia ganância, havia miséria e discórdia. Lá, dizia ela, eles brigam demais, não há respeito, e até morte por facada e tiro sai. "Aquilo é o *cumunismo* que chegou, o fim do mundo", achava. Felizmente, aquilo ainda não tinha chegado à fazenda, *credo em cruz*, benzia-se.

Ao mesmo tempo, Naninho estava na cidade atrás de caixas de giz, cadernos e lápis. Fez mais: telefonou ao pai na capital, contando-lhe as novidades e pedindo-lhe que intercedesse junto ao governo do estado, no sentido de se instalar, na fazenda, uma escola oficial. O deputado, contagiado pela empolgação do filho, prometeu-lhe que tudo faria para ajudá-lo. Era um político de prestígio o bastante, junto ao governador, para conseguir rapidamente a aprovação e efetivação daquele projeto tão simples e plenamente justificável. Em tom de brincadeira, Naninho disse ao pai que não se casaria sem que a escola estivesse instalada na fazenda. Ambos riram, quando o velho afirmou-lhe que ele então morreria solteiro. Confiava no pai, em seu prestígio e nas suas boas intenções como político. Sabia que sob seu apadrinhamento, a instalação da escola seria questão de tempo.

Quando voltou à fazenda, dois dias depois, já encontrou o salão da casa-grande repleto de crianças. Delma, auxiliada por Rosinha, ensinava as primeiras letras à criançada. Entre elas, o mais novinho dos alunos — Deraldo. Embora em desvantagem quanto à idade, o garoto tinha inteligência e capacidade de assimilação incomuns. Acompanhava com vantagens as demais crianças e contava com o privilégio de já haver tido contato com as primeiras letras e de receber as lições também em casa, da mãe e da irmã.

A chegada de Naninho com os materiais foi comemorada com entusiasmo. Chico Carapina improvisara uma enorme lousa que foi pendurada no salão. Começaram a aparecer alunos de longe e Delma teve que dividir as turmas em dois ou até três períodos.

Seis meses passados, aconteceu na fazenda a maior festa havida no município até então. Casaram-se Rosinha e Naninho. O deputado, daquela vez, não conseguiu ficar de fora. Compareceu com a família e aproveitou a oportunidade para inaugurar a Escola Mista Estadual Fazenda Faisqueira, representando o governador do estado.

O casal foi morar na cidade, onde a família Mendonça possuía uma das melhores casas. Era intenção de Naninho fazer a jovem esposa adaptar-se à sociedade, e Rosinha tinha plena consciência da necessidade daquela transformação. Sabia que Naninho, como membro de uma família tradicional da alta sociedade, com o pai deputado, não poderia fugir ao convívio social que lhe era imposto. Sabia que ela, ocasionalmente, seria exposta a situações delicadas e não iria querer, por nada, envergonhar o marido. Na cidade, foi se adaptando rapidamente às etiquetas, àquela cultura até então estranha. As lições que recebera da mãe durante tantos anos foram-lhe de extrema valia. Em pouco tempo, convivia com a nata da sociedade local, como se nela tivesse sido criada. Visitava, frequentemente, a família em companhia do marido e passava horas com a mãe, falando sobre os mais variados assuntos. Política, arte, religião, moda, culinária. Admirava-se daquela mulher tão sofrida — vivendo grande parte de sua vida num ermo, aonde nem a civilização havia chegado por completo — ser conhecedora de tantas coisas. A mãe ainda era sua principal professora em todos os sentidos, sua única conselheira, sua fiel confidente.

Naquela tarde, ambas sentadas no grande banco de madeira, relembravam juntas o passado difícil que haviam enfrentado. Rosinha lembrou à mãe que naquele banco havia começado tudo entre ela e Naninho. Delma discordou. Asseverou que tudo havia começado lá em Tupanatinga, quando tomaram a decisão de vir para Caconde. Achava que Deus encaminhava as pessoas a encontros preestabelecidos; que as coincidências apenas ajudavam no cumprimento dos destinos traçados. Aquilo ela havia assimilado através de leituras espíritas, em livros os quais tomava emprestados no Centro Espírita Luz e Caridade.

Delma e Alcides jamais iam à cidade sem levar algum alimento ao albergue que os havia acomodado quando chegaram em situação indefinida e difícil na cidade. Era um pedaço de carne, um frango, uma porção de arroz, de feijão, algumas frutas e até roupas e cobertores para as camas. Com mais aquela concorrência, a casa de caridade podia continuar e ampliar o atendimento a necessitados que apareciam sempre em maior quantidade e piores situações.

Revendo, naquela tarde, o passado, ambas se abraçaram e juntas choraram. Choraram de alegria. Alegria por ver a todos da família felizes, bem alimentados, saudáveis, estimados, respeitados e respeitadores. Nada mais pediam a Deus. Apenas agradeciam a Ele pelas dádivas que recebiam. Até um carro novinho Naninho havia comprado, e o próximo empreendimento seria trazer tratores à fazenda. Concordaram, entre si, que não poderia haver no mundo lugar, situação e pessoas mais felizes. Não sabiam ambas que aquela alegria seria depreciada logo mais à noite.

José Faustino chegou da cidade trazendo a má notícia. Sandra, internada na Santa Casa de Misericórdia, para alguns exames, recebera terrível diagnóstico. Há algum tempo ela vinha se ressentindo de uma dorzinha incômoda, como dizia, mas como era hábito na roça, ia se remediando com ervas e raízes. Era mulher de fibra, de não se abater por pouca coisa. Quando o marido falava em médico, ela desconversava. Doutor, só nas últimas, garantia. Por isso, quando concordou em ir ao médico, deixou apreensiva toda a fazenda. Internada por recomendação médica, viera o diagnóstico, resultante dos exames — o terrível e fatal câncer. Faustino passou a ficar na casa do pai, na cidade, para acompanhar o tratamento da mulher. O caminhão e o carro de Naninho iam e vinham todos os dias, levando e trazendo pessoas que faziam fila no corredor do hospital, rezando e torcendo pela recuperação de Sandra. Não obstante o tratamento, aquela "santa mulher" não resistiu à doença. Veio a falecer uma semana após a internação.

Dona Leocádia ficou cozinhando e cuidando da casa do inconsolável viúvo.

Um ano depois do casamento, Rosinha procurou o médico devido a uma suspeita que vinha lhe atormentando. O doutor a examinou minuciosamente, mas não diagnosticou nada. Sugeriu-lhe que procurasse, numa cidade mais desenvolvida, um especialista. Naninho a levou a Poços de Caldas, cidade que começava a despontar como principal centro turístico no sul de Minas. Em Poços, consultaram especialistas que a encaminharam para uma série de exames laboratoriais. Uma semana após, chegaram os resultados. No envelope, a confirmação daquilo que temiam: Rosinha era estéril, jamais daria um filho ao marido. A constatação os chocou. Naninho queria muito um herdeiro a quem deixar a fortuna que herdaria do pai. Passaram muitos dias inconformados; morrera um pouco da felicidade que tinham.

Num domingo, à noite, o casal, sentado num banco do jardim, presenciava algumas crianças brincando no coreto. Aquilo deixou os dois pensativos sobre a impossibilidade de terem o desejado filho. Repentinamente, ela teve uma ideia. Virou-se para o marido e disse:

— E se adotássemos uma criança? Para sua surpresa, Naninho confessou-lhe que estivera pensando a mesma coisa. O marido, porém, adiantara-se; já havia definido até mesmo sua preferência, na escolha; isso havia dias, sem coragem de falar sobre o assunto com a esposa. O nome que ele tinha na mente era Deraldo, o cunhadinho de quem tanto gostava. Ao ouvir isso, Rosinha não se conteve; fitou o marido com os olhos úmidos de lágrimas. Abraçaram-se emocionados e trocaram um longo beijo ali mesmo na praça, para escândalo das crianças que a tudo observavam.

Delma e Alcides relutaram, a princípio. Sentiam ficar sem o filho; entretanto, sabiam que um dia ele bateria as asas para outras terras. Ademais, tanta inteligência e desembaraço não deviam ficar confinados ao serviço pesado e sem futuro na roça. Era a oportunidade do caçula procurar uma vida diferente daquela sofrida pela qual o pai optara. Ele, Alcides, não tivera muitas chances de procurar algo mais seguro, mas o filho sim, estava vendo à sua frente uma rara oportunidade à qual não poderia virar as costas. Além desses argumentos, Delma lembrou a Alcides que o menino não estava indo para casa de estranhos, estavam apenas dividindo-o com uma família que o amava tanto quanto eles, com a vantagem de poder assegurar-lhe um futuro melhor.

Aos sete anos de idade, Deraldo foi definitivamente para a cidade, tornando-se, praticamente, filho e cunhado do pai adotivo e filho e irmão da nova mãe.

Imediatamente, foi matriculado no Grupo Escolar, no primeiro ano, porém, um mês depois, a direção da escola chamou Rosinha e Naninho para uma conversa. Deraldo não podia continuar naquela classe. Seu nível de inteligência e conhecimentos era impróprio para aquela série. Na opinião da professora, estava a perder seu tempo na sala de aula e a atrapalhar os alunos, todos muito distantes de sua condição. Auxiliado pelo pai, Naninho conseguiu com uma autorização especial passar o menino para uma classe de segundo ano.

Dois meses passados, novamente tiveram que recorrer ao deputado, para solucionar o problema que se repetia. O menino não podia continuar entre as crianças normais. Estava anos na frente de todos, reclamava a professora. Novamente, o deputado Adriano teve que usar de seu prestígio para legalizar a matrícula do geniozinho, agora no terceiro ano. Assim avançando, aos nove anos, incompletos, concluía o curso primário e entrava no ginasial o menino mais novo que a escola já recebera. Era o orgulho não só da família, mas de toda a cidade.

Aos treze anos de idade, ao concluir o curso ginasial, surgiu uma complicação que nem mesmo o deputado conseguia contornar. A única escola da cidade que oferecia ensino de segundo grau só ministrava esses cursos no período noturno. A lei impedia que menores de catorze anos frequentassem a escola à noite. Tratava-se de uma lei federal que, para ser modificada, demandava meses, até anos de tramitação pelas comissões e plenário da Câmara Federal e do Senado. Aquela era uma questão na qual o prestígio de Vitalino Mendonça não conseguia atuar. O garoto perderia um ano precioso em seus estudos.

Após dias de discussões, o próprio deputado sugeriu ao filho que mandasse o "moleque" para sua casa em São Paulo, onde poderia frequentar um dos melhores colégios. Ninguém tinha aventado aquela possibilidade, pensado naquela hipótese. Mesmo diante da relutância de muitos, foi-se Deraldo, pela primeira vez ultrapassando as fronteiras de Caconde, para estudar na capital.

O fato deixou um grande vazio na cidadezinha. Deraldo era líder incontestе de toda a garotada que o cercava. Ensinava aos mais atrasados, auxiliava com roupas, víveres e até com dinheiro aos coleguinhas carentes e tinha fama de ser o galã preferido entre as meninas. Já escrevia para o jornal local, participava, como coroinha, das atividades religiosas da igreja, enfim não havia iniciativa em que ele não estivesse inserido, dando sua contribuição. Comparecia às sessões da Câmara Municipal e interessava-se como um adulto pela política, acompanhando pelo rádio e pelos jornais os acontecimentos políticos e econômicos. Era, deveras, um fenômeno para sua idade.

Na capital, não mudou seu comportamento. Sempre amparado pelo deputado, que o tinha como filho, ia assimilando com notável facilidade a nova cultura em todos os seus aspectos. Sondava, constantemente, Vitalino Mendonça em conversas com correligionários; aprendia termos novos, frases de efeito e muitas artimanhas usadas na vida política. Admirava o velho Mendonça. Sua atuação era limpa, honesta e realmente voltada à melhoria de vida do país, do estado, de seu povo. Achava que o velho era um bom exemplo para ser seguido.

Fora matriculado em um colégio particular, onde assombrava aos mestres e colegas com sua capacidade, seus conhecimentos e facilidade de assimilação a cada dia mais aguçados.

Nas férias, voltava a Caconde, onde reassumia suas atividades, como se delas nunca tivesse se afastado, utilizando-se já das experiências adquiridas na nova vida, principalmente junto ao sábio deputado.

Quando concluiu o terceiro ano do segundo grau, seu caminho mais lógico seria a faculdade, porém, a despeito de toda a insistência de Vitalino Mendonça de que *Deus criou o homem e o homem criou a escola para fazer grandes homens*, nada pode retê-lo em São Paulo.

Deraldo concordava com todos que a faculdade seria o curso natural de sua vida, mas tinha seus próprios projetos, seu próprio sonho e pressa em realizá-lo. Queria fazer algo por sua Caconde, por sua gente, e acreditava ser chegada a hora de começar a se mexer de verdade. Assim, apesar das lamentações do bom deputado e, sobretudo, de sua filha Elza, alguns anos mais velha que ele e que o via com olhares sintomáticos, voltou para sua terra, para a felicidade de quase toda uma comunidade; para júbilo de suas duas famílias.

Retomando tudo aquilo que deixara três anos antes, voltou rapidamente a ser o xodó da cidade. De tudo que participava, o fazia com rapidez, precisão e, sobretudo, com humildade, sempre procurando não causar constrangimento, com sua superioridade, aos menos aquinhoados de inteligência, iniciativa e sabedoria.

Apenas no futebol, arte que aprendera com o pai, não conseguia ser simples e humilde. Deixava malucos os adversários, principalmente aqueles com os quais o time da cidade tinha rixas mais acirradas. Era o "menino de ouro" do União Esporte Clube da cidade e, quando jogava pelo Faisqueira, formava com o pai e com o irmão, Inácio, o trio sensação do time. Alcides, zagueiro central sério e vigoroso, era, praticamente, um paredão na defesa, enquanto os dois filhos dominavam o meio de campo com maestria, além de fazerem gols que encantavam a torcida e enfureciam o adversário pela ousadia das jogadas. Alcides até mentia para os companheiros que havia jogado pelo Central de Caruaru, em sua terra. Na verdade, bem poderia ter jogado.

No final daquele ano, haveria eleição no município. Deraldo, candidato, não precisou fazer campanha para ser o vereador mais votado da história do Legislativo cacondense.

Como vereador e presidente da Câmara, o mocinho foi, rapidamente, ganhando espaço no cenário político. Não se limitou à eterna tarefa de remeter indicações e requerimentos ao prefeito, pedindo, sugerindo, sem apontar ou buscar soluções. Ao contrário, pouca atenção dava ao chefe do Executivo. Sua atuação revolucionou a vida da cidadezinha. Comandava com maestria a Mesa. Frequentemente, descia ao Plenário para defender seus projetos, suas ideias e aprovar ou detonar proposituras do Executivo ou de colegas. Seu discurso empolgava. Ninguém ousava questionar uma de suas palavras. Não tinha adversários, nem mesmo entre os políticos mais calejados, os quais chegavam a odiar aquele "moleque assanhado e atrevido", que ainda não tinha "saído dos cueiros", porém não tinham argumentos, não tinham trunfos, não tinham preparo nem conhecimentos para contradizê-lo legalmente. Percorria, diariamente, os bairros da cidade e, eventualmente, a zona rural, ouvindo os munícipes, atendendo-os, explicando-lhes como funcionava a administração pública, enfim captando o elenco de necessidades e reivindicações populares, sobre o qual gostava de atuar. Sua performance não ficou restrita à prática da política local. Na capital, com o respaldo do influente deputado Vitalino Mendonça, foi conquistando acesso às Secretarias de Estado, à Assembleia Legislativa e, principalmente, ao Palácio do Governo, onde atuava nos corredores e salas do escalão superior, sempre em audiências previamente agendadas pelo deputado. Em pouco tempo, tornou-se personagem conhecido e respeitado no meio político-administrativo do estado.

Os recursos financeiros e melhorias que conseguia canalizar para Caconde e municípios circunvizinhos, regados por seu discurso inflamado, exaltando a atuação do governador e de seu secretariado, reverteu uma situação bastante incômoda para o governo estadual, que tinha perdido a eleição na região, com um índice de rejeição assustador. Com isso, a gratidão da administração estadual era cada vez mais favorável ao desenvolvimento de seus projetos.

Dezenas de estradas vicinais foram abertas, viabilizando o escoamento da produção agrícola e facilitando o acesso a sítios e fazendas, até então praticamente isolados da cidade e de outras regiões; pontes foram construídas por toda a zona rural e urbana; máquinas de beneficiamento de cereais foram instaladas em bairros de maiores aglomerações e o sistema de crédito agrícola, havia muito contido pelos bancos oficiais, foi reaberto na região.

Na área da saúde, conseguiu a instalação de um posto na cidade, vacinação periódica de crianças e animais e modernização do sistema de saneamento básico, praticamente inexistente em Caconde. Proporcionou, ainda, a destinação de viaturas para a polícia local, pavimentação de ruas, reformas de praças e ampliação do ensino público, que passou a oferecer novos cursos e considerável aumento da oferta de vagas. Instituições assistenciais da cidade, como asilo, orfanato, Santa Casa e albergues, passaram a receber recursos públicos, ampliando sua capacidade e áreas de atuação. Desenvolveu, também, importantes projetos em municípios circunvizinhos, entre eles, depois de muitas idas e vindas a Brasília, a instalação de torre retransmissora de sinais de TV, solucionando um dos mais angustiantes problemas de muitas cidades interioranas da região, cujas populações puderam passar a ver novelas sem as constantes interrupções, e a eletrificação rural expandiu-se para muitas localidades, levando progresso e modernidade às comunidades afastadas da cidade. Diversos bairros da zona rural passaram a contar com aquela modernidade implantada pela Secretaria de Energia e Recursos Naturais, onde o projeto podia ser implantado, e a preços simbólicos. Para surpresa de muita gente, a Faisqueira não foi beneficiada com aquela modernidade; Deraldo não queria que alguém pudesse acusá-lo da prática de favorecimento político a parentes, e Nandinho aplaudiu, entusiasmado, a decisão.

O próprio prefeito não dava um passo, não adotava uma medida, não expedia um ato, sem ouvir o jovem edil, e colocava como primeira prioridade a atenção aos seus raros requerimentos e indicações.

Conhecedores de seu invejável prestígio, políticos de expressão o assediavam, em busca de apoio na região, onde poderiam, à sua sombra, dispor de uma mina de votos.

Em toda a região, agendava audiências e acompanhava prefeitos e dirigentes de instituições beneficentes aos bastidores políticos da Assembleia e do Palácio do Governo, onde, mediante sua apresentação e seu apoio, a liberação de recursos era quase sempre certa.

Tal era sua performance, que, no terceiro ano de mandato, já havia forte corrente política em nível de estado defendendo sua candidatura a deputado estadual.

Naquele ano, uma forte geada balançou a economia do município, assolando a lavoura. A Faisqueira foi uma das fazendas que mais sofreram com o fenômeno. Dezenas de milhares de pés de café foram, irremediavelmente, torrados pelo gelo. Seria a bancarrota do município sem a pronta atuação de Deraldo junto ao secretário da Agricultura, que desenvolveu em prazo recorde uma operação de salvamento da economia na região. Créditos especiais foram abertos para custeio da recuperação da lavoura e replantio das árvores irrecuperáveis; técnicos foram enviados para constante atuação junto aos agricultores, que passaram a desenvolver inclusive uma policultura que assegurava alternativas de retorno mais rápido e de menores riscos.

Naninho, empolgado com aquela onda de investimentos no café, e pelo preço que prometia subir nos próximos anos, optou por investir pesado na Faisqueira. Não só iria replantar o que fora destruído pela geada, como comprara, a peso de ouro, dezenas de milhares de novas mudas para ampliação da lavoura. Para levar a cabo esse empreendimento, não dispunha de mão de obra suficiente na fazenda. Tivera que arregimentar braços na cidade. Ao todo, cinquenta e quatro braçais foram contratados para se reunirem aos colonos da Faisqueira, que, nos próximos anos, concorreria com as fazendas da região ao título de maior produtora de café. Além de seu próprio caminhão, Naninho passou a utilizar-se de outro, contratado para o transporte diário dos "boias-frias".

Entre o novo grupo contratado, havia dois irmãos, Adauto e Celso, que logo começaram a exibir mau caráter e indisciplina. Eram indolentes, hostis, malvados e chacoteadores. Adotaram Alcides como vítima de suas maldades e remoques. Não davam tréguas ao Baiano, por não concordarem com sua séria dedicação ao trabalho. Puxa-saco, toupeira, cabeça-chata, eram algumas das ofensas que dirigiam ao homem em tom de chacota. Alguns riam, a maioria repudiava aquela brincadeira dirigida quase que sempre ao humilde Baiano.

— Sabe em que mês o Baiano passa mais fome?, perguntava Adauto.

— Não, respondia Celso.

— No mês de agosto, continuava.

— Por quê?

— Porque venta muito.

— E daí?

— É que quando ele joga a farinha na boca, o vento a toca. Riam ambos, e continuavam:

— Sabe por que o Baiano tem a cabeça chata?, perguntava Celso.

— Por quê?

— É de tanto o pai dele bater, dizendo: cresce, filho, para você ir para *Sumpaulo*.

Alcides irritava-se, mas não queria de modo algum criar confusão. Decidiu que à tarde pediria a Naninho ou a José Faustino que o transferisse para outro serviço, longe daqueles dois.

Na hora do almoço, Rosinha havia levado a marmita ao pai. Não escaparam a Alcides os olhares que muitos dos trabalhadores lhe dirigiam, admirados de sua beleza e jovialidade, porém ninguém ousou sequer dirigir-lhe a palavra; respeitavam o pai e o marido, que estavam presentes. Quando ela ia saindo, ao passar a cerca de arame, sua saia ficou presa a uma das farpas, deixando parte de suas pernas à mostra. Celso deu um assovio malicioso, dizendo:

— Eta, baiana boa, seu.

— Essa eu queria pôr na cama e começar a beijar os pés da cama, emendou Adauto.

Foi a gota d'água que ferveu o sangue pernambucano. Alcides levantou-se de um salto. Puxou a *peixeira* e, automaticamente, avançou cego de ódio sobre o rapaz. Todos almoçavam sentados sob a copa de uma frondosa árvore. Adauto estava sentado no chão, com as costas apoiadas naquele tronco. Não teve tempo nem forças para levantar-se. Era fanfarrão, enquanto imaginava que Alcides não reagiria; mas quando viu aquele homem fora de si, avançando com a faca, ficou paralisado. Alcides agarrou-o pelo peito da camisa e começou a levantá-lo. Na outra mão, já erguida, a peixeira pronta para descer sobre seu peito. Celso encontrava-se de pé apoiado no cabo de uma picareta, a poucos metros. Quando viu o irmão perdido, não teve dúvidas. Aproximou-se com agilidade felina, deferindo violento golpe com a ferramenta na cabeça de Alcides, que caiu incontinente. O crânio quebrado, o sangue jorrando por entre os miolos expostos. Naninho chegou correndo. Ajoelhou-se desesperado ao lado do sogro, examinando seu pulso.

— Vamos levá-lo para a cidade, sugeriu alguém. Ele baixou ainda mais a cabeça, e entre lágrimas informou:

— Não adianta, está morto.

Celso, readquirindo o controle emocional, deu-se conta do que havia feito e, enquanto todos estavam com a atenção voltada para a vítima, saiu em disparada, embrenhando-se no mato, e desapareceu, seguido do irmão. Só então Inácio, que se encontrava pelos arredores, chegou no local. Abaixou-se, recolheu a peixeira e a colocou na cintura, de onde não mais a tirava a não ser para dormir, mesmo assim com ela embaixo do travesseiro.

Naquele resto de semana, ninguém trabalhou na Faisqueira. A notícia do crime chocou a região, onde Alcides já era bastante conhecido como jogador, como trabalhador, como bom marido e pai de família e, principalmente, como sogro de Naninho, que era um dos moradores mais respeitados na cidade, não pelo dinheiro e posição do pai, mas por sua própria performance, seu modo simples de viver e conviver com pessoas de todas as classes sociais.

Depois daquele dia, Inácio passou a ir todos os sábados à cidade. Arreava seu cavalo logo após o trabalho e partia sem dar explicação nem à mãe. Ficava pelas ruas, vagando de bar em bar, de praça em praça. Não bebia; raramente falava com alguém, mas diziam que, se Celso ou Adauto aparecessem por ali, certamente não fariam troça de mais ninguém neste mundo.

Apesar do empenho da polícia e dos moradores da região em localizar os dois irmãos, eles pareciam ter se evaporado no ar, desaparecido por completo.

Vieram as eleições e, como era esperado, Deraldo, agora Assis Santana, havia conseguido uma cadeira na Assembleia Legislativa. Era mister que montasse seu reduto na capital, onde centralizaria sua atuação e, mais uma vez, o agora deputado Assis Santana, o mais jovem parlamentar da história do estado, foi acolhido por Vitalino Mendonça, que apadrinhara sua carreira, deixando, inclusive, de buscar sua própria reeleição em prol da campanha de seu jovem sucessor.

Deraldo ganhou do velho Mendonça um quarto e um escritório em sua sofisticada casa da Avenida Paulista, onde viviam os homens mais ricos e importantes da cidade. Tinha ampla liberdade e era tratado como se fosse membro da família, como, aliás, já o tinha sido nos tempos em que vivera ali para cursar o colegial.

No dia de sua posse no cargo, Deraldo foi chamado pelo padrinho político em seu escritório, logo de manhãzinha. O velho e experiente parlamentar pediu-lhe que se sentasse, ouvisse e guardasse alguns conselhos, destacando entre eles:

— Viver é fácil; viver fácil é difícil e nossa vida é como um arco-íris que, embora visível, parecendo concreto, é algo abstrato e fugaz, que não se pode pegar, não se pode tocar; uma maravilha que nada deixa, que nem sombra faz. Só pode ser perene se fotografado, pois se esvai rapidamente. Como ele é a nossa vida, passageira, fugaz. Por isso, meu filho, é necessário que cuidemos dela, de maneira que nos dê boas fotos para deixarmos na história depois que ela, nossa vida, como o arco-íris, estiver desfeita. Essas fotos representarão nossas ações, nossas omissões, nosso comportamento e o modo como vemos e tratamos nossos semelhantes; essas fotos são a nossa obra, construída no dia a dia, em todos os dias de nossa vida. O homem, continuou o velho, nasce, cresce e morre, materialmente, porém não morre sua história. O que importa não é seu crescimento físico, o montante de seus bens.

O importante é seu crescimento espiritual, o quanto ele assimilou de tudo que a vida e a experiência colocaram em seu caminho. O homem aprende a cada dia e, quando atinge um estágio como o seu, por exemplo, costuma imaginar que pode caminhar por si, desprezando os ensinamentos que a vida não cessa de nos transmitir; pensa que sabe de tudo. Ledo engano. Ninguém sabe tudo, tampouco aprenderá. Melhor sorte terá aquele que souber que o bom futuro é construído com a preservação dos acertos e repúdio aos erros do passado. Na minha idade, vendo tudo que vi, fazendo tudo que fiz, lendo tudo que me caiu nas mãos, constituindo família, ajudando e sendo ajudado, concluo que ainda tenho o que aprender, até com você, que praticamente começa a viver. É normal que o jovem acredite saber tudo, como eu, na sua idade, também o acreditava; porém, todo dia acho graça do que eu pensava ontem.

Essa derradeira frase passou a ser como um relógio a badalar no cérebro do jovem político.

Deraldo levou para a Assembleia o mesmo estilo que tinha quando vereador. O prestígio que havia angariado na curta carreira foi ampliado em pouco tempo, fazendo dele um dos parlamentares que mais se destacavam na imprensa paulista. Sua disposição para o trabalho suplantava a de seus companheiros e quase não tinha adversários. Poucos ousavam desafiar sua capacidade, seu trabalho, seus discursos e, sobretudo, o poderio político de seu protetor, o influente Vitalino Mendonça. Os poucos que julgavam poder enfrentar aquele par experimentavam retrocesso político e, fatalmente, acabavam por cair no ostracismo.

Começou por popularizar sua imagem, criando bases sólidas em bairros mais carentes, entre a população mais simples e mais crédula. Lutava para levar melhorias como pavimentação, saneamento, saúde, lazer e projetos culturais à periferia da cidade e pequenas cidades do interior, onde os tradicionais políticos não concentravam esforços, onde não concentravam atenção. Obtinha, invariavelmente, sucesso nessas iniciativas que, sem demandar grandes volumes de recursos, proporcionavam à sua carreira fantástico retorno, disseminando seu nome por todo o estado.

Sua grande e competente equipe de assessores, muitos deles lapidados por Vitalino Mendonça, conhecia todos os caminhos da política; conhecia perigosos buracos onde um homem podia cair para não mais se levantar. Eram nomes consagrados na vida parlamentar que transferiram a dedicação e a fidelidade que tinham por Mendonça ao seu pupilo.

O nome Assis Santana passou a ser mais difundido que o nome do próprio governador. A imprensa dedicava à sua atuação amplos espaços e ele não tinha preguiça de aproveitá-los de todas as formas. Visitava constantemente seus redutos; ouvia lideranças, procurava atender e dar atenção e satisfação a seu eleitorado.

Dinheiro não era problema. Apesar de não contar com recursos próprios, tinha no padrinho político uma fonte inesgotável. O velho, empolgado com o crescimento político do pupilo, enchia-se de orgulho, abrindo-lhe os cofres, e ainda influenciava o governo estadual, que, raramente, deixava de atender às reivindicações e liberações de recursos em prol de suas obras.

No início de seu segundo ano de mandato, sofreu a inesperada e irreparável perda. Vitalino Mendonça, o esteio de sua carreira, vítima de uma aguda e repentina crise cardíaca, viera a falecer.

Mesmo com a sentida perda, Deraldo não esmoreceu. Sabia que podia caminhar por suas próprias pernas. Tinha consciência de que o conseguiria, se não perdesse de vista os ensinamentos e os conselhos do velho protetor.

Ao escurecer de um domingo, Inácio, em suas andanças pela cidade, parou à porta de um bar. Pareceu-lhe ouvir lá dentro uma voz conhecida, caracterizada pela fanfarrice. Entrou com cautela e, encostado no balcão, bebericando um copo de pinga, reconheceu Celso. Inácio tremeu; seu coração pareceu disparar quando chamou o rapaz pelo nome. Ele, virando-se, não o reconheceu de imediato. Ouviu quando Inácio disse com calma, porém ameaçador:

— Você matou meu pai. Apavorado, lembrando-se repentinamente daquele dia, Celso esboçou uma reação, levando a mão à cintura, mas Inácio era ágil e, com o antigo ódio no coração, foi mais rápido. Agarrou-o pelo braço direito que nem saíra de dentro da camisa, desferindo-lhe três seguidos golpes. A peixeira mergulhou fundo por duas vezes no peito e uma no pescoço. Celso deslizou pelo balcão. Ainda tentou correr, mas lhe faltaram as forças. Desfaleceu e ficou no chão se esvaindo em sangue. Inácio limpou a peixeira na calça da própria vítima e saiu do bar calmamente. Como se nada tivesse havido, montou seu cavalo e partiu. Quando a polícia chegou, Celso já era um cadáver.

Era noite e ninguém se preocupou em procurar pelo assassino. Conheciam-no o bastante para saber que não se afastaria da fazenda até o dia seguinte. Ademais, era cunhado do prestigiado Naninho e, não bastasse, irmão do eminente deputado Assis Santana, um caso para ser tratado com diplomacia e muito tato pelas autoridades locais. Pensando dessa forma, o delegado livrou Inácio do flagrante.

Por volta da meia-noite, Naninho conseguiu comunicar-se com Deraldo, colocando-o a par do acontecido. Imediatamente, o deputado mandou que o irmão fosse, sigilosamente, levado à capital. Não podia expor Inácio às garras da justiça por um crime de vingança, tampouco arriscar sua própria carreira naquele episódio.

Imediatamente, Naninho e Rosinha rumaram para a fazenda. Reuniu-se a família na casa de Delma para decidir o destino do infeliz Inácio.

A mãe preparou-lhe pequena mala com seus poucos pertences e algumas roupas. Ao amanhecer, Naninho levou-o embora, para desespero de Delma, que ficava definitivamente só. Dali mesmo foram para São Paulo, onde Inácio passou a morar com o irmão deputado, onde estaria a salvo. Ninguém seria ousado o bastante para arrancá-lo daquela proteção, ainda que descoberto. Fora o primeiro crime de Inácio, porém extensivo a toda a família, que ficara cúmplice de um assassinato, especialmente Deraldo, que idealizara a trama de acolher o criminoso. Tinham, porém, um consolo, o de ver vingada a morte do exemplar marido e pai de família, assassinado de maneira repentina e cruel por um aventureiro inconsequente.

Na fazenda, houve grande rebuliço quando a notícia se espalhou. Oficialmente, ninguém, nem mesmo Delma, sabia do paradeiro de Inácio, e assim ficou aceita a situação, sem que alguém se movesse à sua inútil procura. Para Dona Leocádia o *cumunismo* havia chegado definitivamente. "Onde se viu, em menos de um ano, duas mortes por crime...", lamentava assustada.

Inácio passou a trabalhar para o irmão deputado. Era porteiro na guarita da entrada do escritório, menino de recados, faxineiro, enfim, o chamado pau para toda obra. Logo tirou carteira de motorista e, eventualmente, servia também como chofer do gabinete, do escritório e da família Vitalino Mendonça, com quem passou a morar, a exemplo do irmão, só que num quartinho nos fundos.

Com a morte de Vitalino Mendonça, sua esposa, Carmem, assumiu o controle de todos os seus bens. Orientada por Deraldo e pela filha, Elza, que se formara em administração de empresas, ia comandando com relativo sucesso o pequeno império financeiro da família. Apenas com a Faisqueira não havia preocupação, uma vez que Naninho, auxiliado por José Faustino e pela sogra experiente e mais culta que os demais colonos, comandava tudo com facilidade e sucesso.

A ousadia de alguns oposicionistas, que perderam a prudência com a morte do velho político, começou a incomodar Deraldo. Ele já não contava com a proteção de Vitalino Mendonça, e isso encorajava alguns dos mais ferrenhos adversários. Começaram a desencadear uma série de manobras para desacreditá-lo junto às suas bases, minar sua liderança na Assembleia, barrar seus projetos em votação e, o pior, tentavam jogar a poderosa imprensa contra sua imagem, até então imaculada.

Logo um dos principais líderes oposicionistas o visitou pessoalmente em seu gabinete, fazendo-o entender que conhecia alguma coisa sobre o crime de Inácio. Disse-lhe que havia ouvido boatos sobre um assassinato numa cidade do interior, isso quando visitava um de seus redutos, pela descrição da região, próximo a Caconde. Deraldo, estrategicamente, não lhe deu oportunidade de detalhar o assunto, temia seu desfecho. O caso ficou apenas na insinuação, porém ele passou a sentir-se refém daquela situação que, sabia, se caísse na imprensa, seria prejuízo irremediável e possivelmente seu fim como político. O colega que o ameaçava de chantagem com aquele possível trunfo estava a exigir que ele retirasse da pauta de votação na Assembleia um projeto importante, de sua autoria, substituindo-o por outro de relevante interesse da oposição. Deraldo não arredaria pé de sua convicção, de sua obstinação em aprovar aquele projeto. Sabia que aquele recuo seria o primeiro de uma interminável série, fatal à sua carreira. Não podia ceder.

No dia seguinte, após analisar todas as saídas possíveis, chamou Inácio e contou-lhe detalhadamente o fato, alertando-o de que quem mais seria prejudicado, se o caso viesse mesmo à tona, seria ele, que matara aquele infeliz, e certamente iria para a cadeia por muitos anos.

Na manhã seguinte, os jornais estampavam na primeira página: *Líder da oposição é encontrado morto.*

Em seu escritório, Deraldo leu, aliviado, a notícia completa. Fora encontrado morto naquela noite o eminente deputado Homero Gonçalves, um dos principais líderes da oposição. Segundo a matéria, a polícia não tinha nenhuma pista do assassino que atropelara a vítima em frente à sua residência nos Jardins, quando ele fechava a garagem para entrar em casa. O veículo, ainda não identificado, o tinha atingido em cheio sobre a calçada. A morte fora instantânea.

Nem Deraldo, nem Inácio tocaram no assunto. O que importava era que a oposição, doravante, passaria, possivelmente, a dar-lhe maior trégua na perseguição que lhe movia, porém sabia que aquilo era questão de tempo para que voltassem a importuná-lo, obcecados que estavam por derrubá-lo da invejável posição que conquistara, graças ao apoio do astuto e respeitado deputado Vitalino Mendonça. Compreendeu que sem aquela sombra onde se encostar não iria longe na política.

A oposição crescia e ameaçava contagiar o povo em seus comícios, com suas denúncias, a maioria procedentes. Era um jogo sujo aquele em que se metera, um jogo do qual só sairia vencedor quem pudesse munir-se de armas como o controle da imprensa, de políticos corruptos e, principalmente, de altas autoridades. Era preciso, enfim, dinheiro, muito dinheiro para conquistar posições e garanti-las naquela batalha sem regras e sem arbitragem.

Dona Carmem, que tinha a chave do cofre, comandava tudo com as mãos fechadas, com extrema austeridade. Secara-se a mina que havia à sua disposição nos tempos de Vitalino Mendonça. Agora, carente de recursos e sem aquela proteção, começou a sentir-se um pássaro na mira daqueles inescrupulosos predadores, porém era orgulhoso o bastante para não mendigar migalhas junto à velha, para não demonstrar sua fraqueza, suas dificuldades no envolvimento político.

Não lhe restava outra alternativa, a não ser aquela visualizada havia tantos anos, quando começou a perceber o interesse de Elza por sua figura ainda adolescente. Achava repelente a ideia, algo inaceitável em condições normais, porém a saída, ou pelo menos, a tentativa mais promissora para aquela situação.

Era um grande sacrifício a que iria submeter-se, todavia não havia escolha, não havia fuga. Decidido, começou a corresponder aos olhares sintomáticos que a moça lhe dirigia; começou a cortejá-la, a ser mais amável com ela e a dar-lhe esperanças. Em poucos meses namoravam, para contrariedade da mãe, que nunca acreditara nele, nunca o vira com bons olhos, desde que entrara menino naquela casa para estudar, protegido pelo marido. Apesar de contrária ao namoro que, sabia, culminaria no casamento, jamais magoaria a filha única; prometera-o ao marido moribundo, no leito de morte. Assim, a despeito de suas insinuações e relutância, o casamento acabou por ser realizado seis meses mais tarde.

Para Deraldo, era a união do útil ao agradável. Precisava do dinheiro da sogra, assim como precisava de uma esposa, para inserir-se definitivamente na sociedade. Elza, sem ser bonita, era culta, apresentável e, sobretudo, rica o bastante para frequentar os mais requintados ambientes sociais da cidade.

Nos primeiros meses de vida em comum, saíam juntos para jantares, frequentavam teatros, festas, e ela, eventualmente, o acompanhava em eventos políticos, despertando a inveja, a admiração e, não raro, a ira dos adversários.

Ele bem que se esforçou para manter aquele clima inicial; bem que tentou conquistar a confiança da sogra, porém ela, a cada dia mais fria, mais distante, mais desconfiada e fechada, começou por contagiar a filha. Tentava sair com a esposa, levá-la ao teatro, ao cinema, a festas, mas tudo que conseguia era fomentar sua eterna "dor de cabeça", que já não os deixava viver em sociedade. A sogra estava vencendo a batalha; estava levando Elza para o seu lado, rápida e irremediavelmente.

Logo, Elza começou a se mostrar pior que a mãe. Enquanto a velha trabalhava e odiava em silêncio, a filha fazia verdadeiros escândalos na frente de qualquer pessoa. Gritava com ele e não perdia oportunidade para lembrar-lhe que se casara por dinheiro. Sua vida era um inferno naquela casa e, o pior, o dinheiro que no começo já era insuficiente para fazer face às suas despesas políticas, agora inexistia.

Elza tomara, de vez, conta das finanças da família e, até para a mãe, controlava as emissões.

Deraldo passou a sentir-se como um objeto bonito que, usado, exposto, visto por todos, se torna superado, inútil, sem valor, fútil. Para deleite da sogra, quando estava em casa, começou a ficar mais tempo trancado no escritório, onde, por vezes, chegava a dormir.

Naqueles momentos de completa solidão, muitas vezes revivia o passado. Começava por remontar fragmentos de memórias dos tempos da casinha ainda no Nordeste, a viagem, a chegada em Caconde. Depois passavam mais claros pelo seus pensamentos o crescimento na Faisqueira, a bica d'água, a pescaria de lambaris, o porquinho, a roça de mandioca e o inesquecível encontro com Naninho. Relembrava o casamento dele com Rosinha, a festança nunca antes havida na fazenda e, diziam, região. Revivia sua mudança para a cidade, a escola e os primeiros passos na política, até a eleição para a Assembleia.

Até ali, fora um garoto com o coração fervilhando de esperanças e vontade de realizar grandes projetos, não para si, mas para o sofrido povo que via desde a mais tenra idade, a lutar de maneira árdua e desigual pelo pão, pelo simples direito a nutrir-se, vestir-se e dormir condignamente.

Queria frear seus pensamentos naquela fase. O resto de sua vida não valia a pena ser considerado. Não era mais o Deraldo que contagiava a todos com sua simplicidade, com sua bondade e inteligência. Era um autômato, uma máquina de fazer política que nunca mais poderia ser desligada. Lembrava-se do mestre Vitalino Mendonça, um político acima das maracutaias usuais, cuja trajetória era incompatível com o caminho que ele estava seguindo. Ainda tinha na memória a última frase do velho quando lhe dera conselhos no dia de sua posse. Agora, não só achava graça do que pensava ontem, mas sentia vergonha do que fazia hoje. Tinha consciência dos erros, porém havia se enveredado por um caminho sem retorno e, àquela altura, via como irreversível a trajetória política e sua vida particular, tudo mergulhado numa podridão cada vez maior, mais malcheirosa, porém necessária ao crescimento dos negócios, à garantia de lucros, à ganância insaciável fermentada pela competição desenfreada.

Raramente se lembrava da família em Caconde. Os contatos eram cada vez mais raros. A mãe, Naninho e Rosinha iam saindo, paulatinamente, de suas preocupações e memória, dando espaço aos problemas que se avolumavam proporcionalmente ao crescimento de sua importância política. O dia em que faria a projetada viagem a Caconde ia sendo preterido; a visita à família, postergada.

Delma acompanhava pela imprensa a vida do filho que nunca mais havia visto desde a posse na Assembleia. Já não era o seu Deraldo ávido por um *soivete*, seu menino de calças curtas, arrastando um balaio de mandioca para o porquinho, seu aluno exemplar e carinhoso, que em todos despertava simpatia e amor, que a todos cativava. Era, agora, o deputado Assis Santana, a quem a imprensa endeusava, a celebridade, a eminência estranha ao seu modo de vida, às suas simples convicções. Perdera seu Deraldo, para o mundo político ganhar um arco-íris, o célebre Assis Santana.

Perdera o contato com Elvira, a mãe adotiva, ainda em suas peregrinações pelo interior de Pernambuco. Sabia que ela tinha ido morar com parentes na capital paulista logo após seu casamento com Alcides, e mantivera viva a esperança de reencontrá-la após o êxodo para Caconde, porém no primeiro contato tentado com os parentes em São Paulo, através do deputado Mendonça, tomara conhecimento de seu falecimento. Não procurou pelos parentes da mãe; não eram seus parentes.

Contava, agora, apenas com a atenção da filha e do genro. Felizmente, o casal a cobria de cuidado e carinho. Tudo faziam para amenizar sua solidão e tanto fizeram, que acabaram por fomentar seu casamento com o também solitário viúvo José Faustino. Não que a ideia lhe desagradasse totalmente; Faustino era homem honesto, sério e trabalhador. Reunia em si, enfim, todo o elenco de bons princípios e virtudes que ela apreciava. Ademais, era apresentável; vestia-se bem, tinha simpatia, carisma e aparência agradável.

Ela repudiara um segundo casamento, mas tanto insistiram, tanto imploraram a filha, o genro e a comunidade da Faisqueira, que acabou por ceder. Felizmente, ambos descobriram naquela união uma bênção. Reencontraram juntos o prazer de viver, resgataram a felicidade de duas almas que se completavam. Na véspera do enlace, combinavam em qual casa iriam morar. Se na casa dela com as lembranças de Alcides, ou na casa dele com as constantes recordações de Sandra. Foi Naninho quem deu o veredito final: iriam morar na casa-grande.

— Como patrão aqui, exijo que vocês passem a morar na casa onde começou a minha felicidade ao lado de Rosinha, e ponto final, determinou o genro.

A campanha para a reeleição era acirrada. A oposição prometia desbancar o governo e, com ele, seus aliados, entre os quais Assis Santana. Não havia recursos para investir naquela guerra política e, orgulhoso em demasia para mendigar junto à esposa e à sogra, Deraldo estava sem alternativa. Diante daquela dificuldade intransponível, recorreu a um banco, onde levantou uma soma suficiente para custear a campanha. Ganhando a eleição, teria múltiplas maneiras de captar recursos para cobrir a dívida contraída. Legalmente, era herdeiro do rico espólio de Vitalino Mendonça e não havia banqueiro no país que não tivesse satisfação em tê-lo preso às suas teias. Ademais, o cuidado com a consagrada carreira política era garantia de quitação. Os juros eram escorchantes; o mercado financeiro, constituído de homens frios e escroques; máquinas de ganhar dinheiro; sabia-o Deraldo, mas a necessidade de salvar a carreira era maior que os riscos. O dinheiro parecia se evaporar. Nas campanhas anteriores, o velho Mendonça cuidava de tudo; ele só entrava com seu discurso inflamado, sua figura imponente e carismática; nunca soubera o preço daquele sucesso, mas agora, só e com a oposição verdadeiramente mais ativa e vigilante, passou a conhecer o valor do dinheiro naquela guerra.

Finalmente, vieram as eleições, e ele conseguiu reeleger-se, mas o custo fora elevado. Além do banco, outras dívidas contraídas começaram a incomodá-lo. Para manter-se como político íntegro, como figura imaculada naquele mundo sujo, era preciso que a imprensa não tomasse conhecimento de sua situação; era preciso calar os credores, mas aquilo só seria possível com a quitação das dívidas. Além do endividamento, ele se via às voltas para custear a manutenção de sua equipe de assessores, o rico escritório político, uma frota de carros e sua própria vida social que lhe impunha despesas elevadas. Enquanto as despesas subiam vertiginosamente, a sogra e a esposa fechavam ainda mais as mãos.

Encontrar uma saída era sua preocupação mais urgente. O banco começava a pressioná-lo; os títulos vencidos ameaçavam sua carreira; outras pequenas mas numerosas dívidas levavam cobradores à sua porta diariamente. Inácio fazia malabarismos para despachá-los, para convencê-los de que Deraldo havia viajado, que procuraria o credor assim que voltasse.

Um dia, um investigador de polícia, vivaldino e oportunista, solicitou-lhe uma audiência pessoal. A fim de que pudesse garantir aquele encontro, antecipou à secretária o assunto que o levava a procurar o deputado. A visita estava relacionada a um atropelamento ocorrido há anos, tendo como vítima fatal um líder oposicionista. Deraldo não teve alternativa, senão receber o policial. A recusa em falar com ele certamente acarretaria maiores dissabores, poderia envolver outras pessoas e fazer de uma situação controlável um desastre. Chamou Inácio e a ele fez ver que aquela possibilidade de se desenterrar o passado era séria ameaça para ambos, porém não podiam utilizar-se da mesma solução adotada no caso do político; a vigilância sobre seus passos era, agora, mais severa e aquele caso, mais perigoso, por envolver um policial.

Recebido no escritório, o investigador não fez rodeios. Ao longo de exaustiva investigação, havia descoberto provas que incriminavam Inácio e, por extensão, o próprio deputado. Disse, porém, que nada ganharia prendendo os culpados; que não compensava ser honesto na polícia; por isso, esqueceria o caso e, mediante pagamento de certa quantia em dinheiro a ser entregue em local e horário previamente combinados, entregaria as provas e deixaria a cidade definitivamente.

Deraldo não podia se arriscar mais. Não podia usar o irmão mais uma vez para solucionar da maneira mais barata aquele problema. As coisas estavam mudadas e aquele investigador era capaz de colocá-los na cadeia, se não cedesse àquela chantagem. Concordou com ele, combinando os detalhes sobre a entrega do dinheiro. O policial corrupto não queria receber o dinheiro ali no escritório, onde poderia comprometer-se.

Dali a dois dias, Inácio recebeu do irmão um pacote bem embrulhado e instruções. Deixou o carro na Praça do Patriarca e caminhou até o Viaduto do Chá, atravessando-o. Próximo à escadaria do Teatro Municipal, um homem de paletó marrom, chapéu verde e barba branca, visivelmente postiça, folheava um jornal, encostado no último poste. Inácio aproximou-se.

— Está calor, não?, perguntou.

A SOMBRA DO ARCO-ÍRIS

— Mas vai chover daqui a dois dias, respondeu o homem. Era a senha combinada com Deraldo. Inácio entregou-lhe o pacote, recebendo, incontinente, um envelope amarelo, fechado, sem destinatário nem remetente. Em seguida fez menção de afastar-se; antes, porém, encarou, friamente, o policial desonesto. Abriu discretamente o paletó, exibindo-lhe os cabos da peixeira e do revólver, dizendo-lhe:

— Se você aparecer novamente na cidade, desaparecerá para sempre. Era a frase dita por Deraldo e decorada por ele com cuidado e orgulho. O homem ficou pasmado. Sabia que a ameaça não era vã. Com o pacote apertado junto ao peito, desapareceu apavorado entre a multidão, sem olhar para trás. Estava na polícia fazia muito tempo e já havia tratado com todos os tipos de pessoas. Conhecia um perigo quando o via. Sabia que Inácio era o tipo de homem que não blefava; que não estava para brincadeira. Decidiu que aquela seria sua última sujeira na polícia. No dia seguinte, compareceu à delegacia, onde pediu sua exoneração. Para os colegas, alegou que havia ganhado uma boa soma na loteria e que iria realizar seu grande sonho de comprar um sitiozinho em algum lugar do Paraná, sua terra natal. Aposentou-se, realmente.

Deraldo recebeu o envelope das mãos de Inácio. Abriu-o e verificou que o maldito chantagista juntara, realmente, provas contra Inácio e ele próprio. Eram provas deveras comprometedoras, contundentes, inquestionáveis. Inácio havia deixado pistas indicativas da prática do crime. Entregou tudo ao irmão, que fez da papelada cinzas.

Livre daquele caso, Deraldo ainda tinha em seu encalço o persistente banqueiro que não lhe dava tréguas. Desconfiado da situação financeira do deputado, via, com temor, seu investimento ameaçado de ir por água abaixo. Boatos davam conta de que o político não tinha como saldar seus débitos. Com isso, o banco passou a fustigá-lo diariamente. Ameaçava executá-lo judicialmente, o que iria se constituir num escândalo inapagável em sua carreira. Com muito tato e persistência, mediante compromisso de elevação da taxa de juros, Deraldo conseguiu prorrogar o vencimento por mais alguns meses. Sabia que nenhum fato novo surgiria naquele espaço de tempo. Era apenas uma maneira de respirar um pouco para ter, novamente, o banqueiro em seu caminho. Não via saída; pensou até em deixar a carreira, voltar para a Faisqueira, onde poderia se esconder do mundo e viver tranquilo, distante daquela vida louca. Chamou Inácio e expôs-lhe a situação. O irmão nada possuía nem tinha cérebro bastante para pensar numa saída que ele próprio não pudesse pensar, mas dividir aquele problema com alguém plenamente confiável era, pelo menos, um bálsamo para seus males. Inácio nada respondeu quando Deraldo falou da possibilidade de abandonar tudo e voltar para a Faisqueira. Para ele, era possível mudar a vida de repente. Bastava anunciar que deixaria a política para tomar conta da fazenda junto com Naninho. A imprensa exploraria o caso por alguns dias, mas logo esqueceria tudo, e eles viveriam em paz junto a Delma e à sua família. Para Inácio, porém, a coisa não era tão simples. Sabia que a polícia de Caconde o esperava para prestar contas de seu crime. Não poderia voltar sem ser preso. Tampouco poderia viver em São Paulo sem a presença e a proteção do irmão. Afastou-se do escritório sem nada comentar, deixando o irmão com seus pensamentos, seus problemas insolúveis.

Inácio pensou em falar com Elza. Sabia que Deraldo jamais se submeteria a tal humilhação; jamais pediria um centavo à esposa ou à sogra, mas ele, sim, poderia falar com ela e, talvez, conseguir sensibilizá-la, mediante a possibilidade de deixarem a capital. Pediu, como sempre, educadamente, licença para entrar na sala, onde ela lia uma revista.

Expôs a situação dele e do irmão, sem mencionar seu crime em Caconde. Quando Elza lhe perguntou o que podia fazer por ambos, ele foi direto ao que pretendia: dinheiro para salvar a carreira de Deraldo. Descreveu, superficialmente, a situação em que se envolvera o irmão, na esperança de que ela viesse a se preocupar com o comprometimento do nome da família, porém o que ouviu foi uma longa risada de satisfação da sogra que a tudo ouvia atrás da porta de um quarto. Inácio apavorou-se. Não sabia o que dizer nem o que fazer. Olhou para Elza como se pedisse socorro, porém a cunhada levantou-se e abraçou-se à mãe rindo, como se ele lhe tivesse contado a melhor das piadas.

— Então, finalmente, vamos pôr fim à carreira do caipirinha metido, disse.

— Saia, e diga ao seu importante irmão que pagaremos ao banco para executá-lo ainda mais depressa, determinou a velha com incontida satisfação.

Cabisbaixo, Inácio deixou a sala com o boné nas mãos e o ódio estampado no rosto.

— Tenho vontade de matá-la, pensou.

Foi direto ao escritório e contou o resultado a Deraldo. O irmão repreendeu-o por ter tomado aquela decisão sem consultá-lo, mas ficou-lhe grato pela fidelidade. Conversaram e Inácio retirou-se.

Carmem e Elza desciam quase todas as sextas-feiras para o litoral, onde passavam o fim de semana na casa de praia no Guarujá. Naquela tarde, quando Carmem chamou pelo motorista, Deraldo informou-lhe que Inácio o havia mandado levar um engenheiro à metalúrgica, no Rio de Janeiro.

Sem alternativa, sugeriu que o próprio Inácio poderia levá-las naquele dia. Com visível revolta, a velha aceitou a solução. Deraldo foi chamar o irmão e levou-o ao escritório, onde lhe passou a incumbência.

O carro deslizava lento pela Anchieta. Havia chovido e o trânsito era intenso. Faróis possantes cortavam a neblina, ofuscando a visão dos motoristas. De repente, avançou sobre a amurada.

Na manhã seguinte, as manchetes estampadas nos jornais davam conta da tragédia: *Família tradicional morre em acidente na Anchieta*. A reportagem trazia detalhes: "Morreram, no início da noite de ontem, Carmem de Abreu Mendonça e sua filha, Elza Mendonça Santana, esposa do eminente deputado Assis Santana. A família foi vítima de um acidente fatal na rodovia Anchieta, quando o carro, dirigido por Inácio Santana, irmão do deputado, desgovernado, precipitou-se na ribanceira, explodindo no fundo do penhasco. O motorista, que foi salvo por milagre, disse à reportagem que perdeu o controle do veículo ao ser atingido pelos faróis de um ônibus que ofuscaram sua visão na curva. Segundo ele, só não morreu porque foi lançado para fora e conseguiu agarrar-se a uma raiz quando a porta se abriu ao bater na amurada".

No velório, o deputado, inconsolável, junto ao irmão — com escoriações e um dos braços na tipoia —, recebia as condolências de uma multidão de políticos, empresários e banqueiros. Após o sepultamento dos dois corpos carbonizados, Deraldo e Inácio seguiram para o escritório. Ao entrarem no carro, o deputado olhou para o irmão com ar de aprovação, balançando a cabeça verticalmente. Inácio apenas esboçou leve sorriso e não mais se falou no assunto.

Com a morte da sogra e da esposa, Deraldo passou a gerir, pessoalmente, todos os negócios do Grupo Vitalino Mendonça. Andava espionando a velha e a esposa e sabia sobre aquelas empresas muito mais do que elas podiam imaginar, por isso não encontrou dificuldades em tomar as rédeas da situação. Ademais, as empresas eram administradas por homens capazes e fiéis, muitos dos quais foram conservados no cargo, tornando-se seus principais conselheiros. Apenas a Faisqueira não ficou sob sua administração.

Naninho, o outro herdeiro do valioso espólio, não queria nem ouvir falar nos negócios da família. Confiava, cegamente, no cunhado e filho de criação, e estava plenamente satisfeito com a fazenda, sua segunda maior razão de viver. Tinha verdadeira adoração pelas terras e não queria dividir seu tempo entre elas e outros empreendimentos. Além disso, sabia que Deraldo, com privilegiada inteligência, saberia cuidar dos interesses de ambos à frente dos negócios.

Logo que Deraldo pôde dispor do dinheiro, calou os banqueiros e outros credores que, vendo-o à frente daquele império financeiro e prevendo a possibilidade de ganhos futuros, colocaram à sua disposição linhas de crédito e toda a colaboração que pudessem lhe prestar, desculpando-se todos pelas impertinências com que o tinham incomodado antes.

Deu, então, início a uma exaustiva batalha para ampliar aquela fortuna. Administrava seu precioso tempo dividindo-o racionalmente entre as atividades empresariais e políticas. Havia a metalúrgica no Rio de Janeiro, a fábrica de calçados em Franca, a Fundação Vitalino Mendonça, um pequeno hospital e hotéis na orla marítima, além de grande quantidade de ações de várias empresas e bancos.

Na divisão oficial do espólio, Naninho abriu mão de todos os seus direitos em favor de Deraldo, exceto em relação à Faisqueira, que por nada ele trocaria. Não era um homem ambicioso; não queira desviar seu tempo da fazenda para cuidar de coisas das quais não precisava e nunca gostara.

Ademais, considerava que Deraldo, como cunhado e filho adotivo, era legalmente seu único herdeiro.

Tudo normalizado, os bens do Grupo Vitalino Mendonça foram legal e definitivamente incorporados pelas Organizações Assis Santana, cujo patrimônio passou a crescer incessantemente. Deraldo ia consolidando um conglomerado que, como um polvo, estendia seus tentáculos sobre tudo que lhe proporcionasse retorno financeiro e prestígio político. Sua emergente fortuna o livrava de incômodos e gananciosos juízes. Comprava a muitos. Com isso, uma enormidade de processos que lhe moviam adversários e parceiros de negócios, por ele ludibriados, assim como denúncias de atividades políticas ilegais, eram engavetados, arquivados. Em seu rol de corruptos que fechavam os olhos às suas falcatruas, havia juízes, desembargadores, prefeitos, vereadores, fiscais, políticos influentes, secretários de Estado, ministros, gente das Forças Armadas e, principalmente, assessores de adversários que pudessem prestar-lhe informações valiosas.

O Departamento Jurídico das Organizações Assis Santana elencava os maiores nomes do Direito nos mais variados ramos. Sua tropa de espiões fazia inveja a órgãos oficiais da República e seus guarda-costas, capitaneados pelo fidelíssimo Inácio, sempre disfarçado de motorista ou porteiro, suplantavam em armas e treinamentos um batalhão da polícia militar.

Tinha inúmeros agentes no exterior que o mantinham diariamente informado dos negócios mais promissores, lícitos ou não, especialmente na Suíça e em modernos paraísos fiscais.

A Fundação Assis Santana, instituição filantrópica, sem fins lucrativos, era usada na lavagem de grandes somas de dinheiro que entravam, limpas, no patrimônio da Organização, por canais, no mínimo, duvidosos. Dispunha de hábeis contadores capazes de fazer malabarismo com lançamentos contábeis, transformando prejuízos em lucros e vice-versa, conforme fosse conveniente à situação, contando, quando necessário, com as vistas grossas de fiscais da receita, mediante gordas gorjetas. Seus luxuosos hotéis à beira-mar reservavam, sistematicamente, belos apartamentos gratuitos a quem, entre altas autoridades e homens públicos, se dispusesse a cair em suas teias, de onde a fuga se tornava praticamente impossível.

Tudo aquilo lhe custava uma fortuna, reclamava ele; porém uma fortuna que retornava às suas contas bancárias, sempre multiplicada por grandes números.

Finalmente, voltara a paz, e a vida do deputado prosperava a passos largos, política e administrativamente.

Numa tarde de domingo, Inácio passeava pelo centro da cidade, quando, ao passar pela Praça da Sé, ouviu uma sanfona e uma voz que lhe pareceu familiar:

Deixei na minha terra,
Entre serras, um sol, verdugo
Algoz que racha o solo,
Carrasco que queima tudo...

Penetrou na roda formada por pessoas apreciadoras daquele ritmo típico e, para sua alegria, reconheceu, como maestro da cantoria, o ceguinho de Tupanatinga. Esperou pelo intervalo, quando a maioria das pessoas se afastava, para bater no ombro do cego.

— Como vai, ceguinho?, perguntou. O homenzinho levantou a cabeça; ficou por alguns segundos olhando como se enxergasse, como se esperasse cair a ficha. De repente, lágrimas começaram a brotar de seus olhos secos e parados.

— Como Deus é servido, seu Inácio. De alguma forma, reconhecera o antigo conterrâneo pela voz ou pela intuição aguçada.

A partir daquele dia, o ceguinho não mais tocou na praça. Deixou seu quartinho num cortiço no bairro do Brás e mudou-se para uma casinha simples das Organizações Assis Santana, mas bem equipada, num bairro melhor. Também as "mesadas" que mandava para a mulher em Tupanatinga aumentaram substancialmente.

Carlos Monteiro, o gênio cego da sanfona, como dizia Alcides, junto com os três crioulinhos que o ajudavam no pandeiro, na zabumba e na caixa, passaram a ser atração certa em todos os comícios e manifestações políticas e culturais de iniciativa das Organizações Assis Santana.

Sou do Nordeste, senhor,
E se me faz o favor
Ando em busca de trabalho
Preciso de agasalho
Faz frio na minha rede
Sou antes de tudo um forte
Sertanejo é o meu nome
Mas é triste passar fome
Quem já sentiu tanta sede

Assim cantava o ceguinho naquela noite, no aconchegante salão da casa do "menino Deraldo". Conversaram até quase o amanhecer, quando Inácio o levou para sua nova casinha. O ceguinho Monteiro tinha orgulho da nova proteção, daqueles grandes amigos, como os chamava, porém seu orgulho maior era de José Carlos Monteiro Filho, que estudava com afinco e, como ele previra, já dava o primeiro passo na carreira política que abraçara, elegendo-se vereador em Tupanatinga. Para deleite do cego, seu filho não seria apelidado como o pai. Teria um nome, o qual já começara a consolidar, não seria apenas o filho do ceguinho. Com efeito, a última carta recebida da mulher, já muito adoentada, dizia que Monteiro Filho já era nome de destaque na política local.

Deraldo avançava na política como se nela não houvesse obstáculos. Fazia o que bem entendia, garantido pelo seu dinheiro e pela corrupção que apodrecia o país. Já havia passado ileso por várias reeleições e era nome certo para qualquer cargo público eletivo ou de nomeação; era uma das maiores expressões políticas do país e, ao mesmo tempo, detentor de uma fortuna incalculável, conseguida pelas maneiras mais diversas, principalmente ilícitas. Tão grande como seu nome era a podridão e a impunidade no país, que ele ajudava a fomentar com maestria.

Desde a primeira campanha, sua assessoria havia arregimentado um batalhão de meninas, quase todas adolescentes, que, uniformizadas, com as cores do partido, animavam os comícios e passeatas, com grandes bandeiras, faixas e muito barulho, que a imprensa registrava exaustivamente.

Uma das líderes daquela torcida, uma jovem de beleza e simpatia estonteantes, sempre na primeira fila, chamou a atenção do deputado. Após observá-la em algumas apresentações, ele determinou ao organizador dos comícios que a levasse ao seu escritório para um teste para secretária júnior. A jovem mulata o amava secretamente desde os primeiros comícios. Mesmo sem ser observada por ele, o admirava em seus discursos eloquentes e sedutores que atraíam amigos e inimigos. Muitas vezes, ficava em frente à televisão admirando-o, endeusando-o, supondo que não havia no mundo um homem mais inteligente, mais sedutor, mais rico e mais competente. Quando recebeu o convite, sentiu as pernas tremerem de emoção. Passou aquela noite em claro, abraçada à foto do ídolo, como político e como homem.

Do teste tinha nascido a oportunidade profissional e, do contato quase que diário, o romance. Ela não tinha nenhuma esperança quanto a um relacionamento mais sério. Sabia que ele era casado e que a vida conjugal havia se desmoronado cedo, mantidas apenas as aparências, mas jamais ousaria sonhar em ocupar o lugar de esposa em sua vida, nem em seu coração.

Entretanto, subjugada pelo carisma daquele homem e pelo sentimento sincero que tinha por ele, tornara-se sua amante. Ela, Eliana Pinheiro, uma simples adolescente da periferia da cidade, não conseguia acreditar que havia entrado daquela forma na vida do homem de seus sonhos, o homem mais importante da cidade e um dos mais eminentes do país. Não se importava com dinheiro; não pretendia ficar rica às custas daquele amor. Recusava dele ofertas generosas, demonstrando que só ficava em seus braços naquelas longas noites no escritório por amor. Tinham todo o cuidado para manter em sigilo aquele idílio. Somente Inácio, como porteiro oficial da guarita, conhecia aquele segredo, facilitando as entradas e saídas da menina, secretamente.

Numa noite em que Deraldo recebera a costumeira visita da jovem, amaram-se com sofreguidão, sobre os tapetes e o sofá, até altas horas. De repente, a deslumbrante mulata, vestiu-se e ficou amuada, sentada no chão encostada na poltrona, onde repousava o amante. Percebendo sua tristeza, ele quis saber o que a aborrecia. Indecisa, procurando escolher as palavras, ela hesitou, mas diante da insistência e da preocupação de Deraldo, acabou por confessar-lhe sua tragédia da maneira mais direta e simples que encontrou.

— Estou grávida, disse encarando-o. Deraldo ficou pasmado, sem ação. Aquela era uma notícia que deveria ser esperada normalmente, após tanto tempo de relacionamento íntimo, porém acreditava que a menina estivesse se cuidando. Realmente estava, mas algum dia se esquecera do anticoncepcional e ali estava o resultado, mais um incômodo para a carreira imaculada do eminente político e empresário.

Eliana não lhe exigia nada, não pretendia tirar proveito da privilegiada situação do amante. Amava-o perdidamente e só por amor entregara-se àquela vida cujo destino não podia antever, cuja garantia de futuro era duvidosa.

Colhido de surpresa, o amante ficou fora de si. Agrediu-a com palavras ásperas de maneira impiedosa, acusando-a de tramar contra ele, de provocar a gravidez premeditadamente para prendê-lo, para chantageá-lo, animada com a sua recente viuvez. Asseverou que ela pagaria caro pela ousadia, que jamais teria novamente seu amor, sua atenção e nenhum centavo seu. A moça, desesperada, ainda agarrou-se às suas pernas, de joelhos, implorando por sua compreensão. Jurava, entre lágrimas, que não fizera aquilo de propósito, que não tinha interesse em nada a não ser sua companhia, seu amor, sua proteção.

Toda sua súplica fora vã. Deraldo, afastando-se brutalmente, desferiu-lhe violento pontapé, determinando que ela se pusesse da porta para fora, para nunca mais aparecer ali. A moça, vendo-se perdida, sem nenhuma possibilidade de sensibilizá-lo, de amenizar sua ira, dirigiu-se à porta, onde se encostou, enxugando as lágrimas com as costas da mão. Ao virar a maçaneta, voltou-se, de repente e, como se fosse outra pessoa, com ódio estampado no rosto, apenas sussurrou-lhe:

— Você pagará por isso. Batendo violentamente a porta, saiu da sala em disparada.

Deraldo ficou por alguns segundos sem ação, apavorado diante daquela ameaça. Não sabia o que fazer. Gostava da menina, mas assumir uma paternidade estava totalmente fora de seus planos, era coisa incondizente com a sua posição. Por outro lado, a moça, ressentida e revoltada que estava, era capaz de, realmente, provocar um escândalo prejudicial à sua carreira. Imediatamente, chamou Inácio pelo interfone. A noite já ia alta.

Quando Eliana passava pela portaria, Inácio a abordou como fazia normalmente, oferecendo-se para levá-la até o metrô, ou até o local que ela desejasse. Já mais calma e até arrependida de sua violência ao sair do escritório, entrou no carro que Inácio tirara da garagem, sentando-se ao seu lado. Arrependida, planejou visitar o amante no dia seguinte, para desfazer a má impressão deixada. Queria, mais calma, dizer-lhe que não levaria a cabo qualquer iniciativa que pudesse prejudicá-lo. Se necessário, desapareceria com a criança; iria para qualquer lugar do país, onde não pudesse ser motivo de incômodo para ele. Amava-o o bastante para sacrificar-se para protegê-lo, se assim lhe fosse exigido.

Mergulhada em seus pensamentos, não percebeu que o carro tomara direção diferente daquela que ela tinha dado a Inácio. Só se deu por si quando ele parou o veículo junto a uma das marginais do Tietê, mandando-lhe que descesse. Sem nada cismar, desceu. As ruas estavam quase desertas e uma densa neblina cobria aquela parte da cidade.

Eliana voltou a si numa cama estranha e muito branca, num quarto onde tudo era branco. Ao seu lado, um senhor de cabelos grisalhos, rosto oval avermelhado e grossos bigodes, tomava seu pulso.

— Como está se sentindo?, perguntou-lhe. Ela ficou por alguns momentos olhando para aquele homem estranho, sem nada dizer. De repente indagou:

— Onde estou? O que aconteceu?

— Não sabemos. Você está num hospital. Não se lembra do que houve? Você foi encontrada desmaiada, ferida e toda molhada, na margem do rio Tietê, por uma viatura da polícia ao amanhecer. Eu sou o doutor Armando e fiz o que era possível para reanimá-la. Ela fechou os olhos e começou a reviver aqueles últimos momentos que ficaram registrados em sua mente: o carro parado ao lado da pista e Inácio abrindo a porta para ela descer. De repente, a mão pesada tampando-lhe a boca com um lenço; o braço possante agarrando-a por trás. Em seguida, a dor aguda do lado da barriga, o frio metal penetrando suas carnes, o sangue escorrendo. Revia seu corpo semi-inerte sendo atirado na água fria que a fizera reanimar-se. Esquecera-se da dor; debatia-se com desespero contra a corrente, naquelas águas viscosas, escuras, que exalavam odor horrível, penetrando-lhe pela boca. De repente, algo boiando ao seu lado. Agarrou-se com todas as suas forças, firmando-se àquela tábua salvadora sobre a qual ficou à deriva até perder completamente os sentidos.

Cuidada com carinho paternal pelo bondoso doutor, ela recuperou-se em menos de um mês. O ferimento cicatrizara e sua beleza, aos poucos, voltava. Seu rosto readquiria a cor morena e os lábios a cor vermelha, levemente arroxeada.

Quando o médico comunicou-lhe a alta, foi que ela se deu conta de que não tinha para onde ir. Inácio havia falhado em sua incumbência. Ela, debatendo-se furiosamente, fizera com que o golpe não atingisse o ponto vital almejado; Inácio, porém, sabia onde ela morava; já estivera lá algumas vezes, quando a levava para casa. A imprensa podia ter veiculado o fato, e Inácio iria novamente em seu encalço de maneira implacável. Não falharia pela segunda vez. O ódio vibrava em sua alma; queria, desesperadamente, viver. Assim refletindo, explicou ao médico que não tinha família, o que era verdade. Perdera os pais no interior de Goiás, quando criança, e viera morar com uma tia idosa na capital paulista. Morrera-lhe a tia quando ela ia completar dezesseis anos. A partir daí passou a viver sozinha num quarto de pensão que conseguia pagar com os pequenos cachês recebidos das Organizações Assis Santana, onde se empregara como animadora de torcida e, ultimamente, com o salário de secretária júnior do todo poderoso deputado. Ético que era, o doutor não lhe exigiu maiores explicações. Ficou longo tempo em silêncio. Seu coração não lhe permitiria colocar aquela pobre criatura na rua. Ainda mais sabendo que ela trazia consigo uma nova e também inocente vida. Eliana nada lhe disse sobre a razão pela qual fora encontrada na margem do rio. Tampouco lhe falhou sobre o ferimento. Não quis registrar queixa e, para a polícia, disse que fora assaltada e jogada no rio.

No dia em que teve que deixar o hospital, ainda meditava para onde ir, quando entrou o doutor Armando, sorridente, com um pacote nas mãos. Entregou-lhe o embrulho que ela desfez com curiosidade.

— Um vestido!, exclamou. Havia também roupas íntimas e um pijama. Olhou emocionada para aquele homem, beijando-lhe levemente o rosto em sincera gratidão.

— Você precisava vestir algo para sair daqui; depois, compraremos roupas mais adequadas à sua preferência.

— Compraremos?, perguntou ela sem entender.

— Sim, é que você ficará na minha casa até que se decida para onde ir definitivamente. Eliana não podia conter a emoção e a gratidão que tomavam conta de seu ser. Chorou, abraçada ao bondoso médico, quando ele lhe explicou que, viúvo há muitos anos, vivia sozinho, nas poucas horas em que podia ficar em casa, atarefado que era com a dedicação extrema ao hospital e a seus pacientes.

Ao levantar-se da cama, foi que ela notou que usava uma camisola do hospital. De repente, lembrou-se de sua bolsa e de suas roupas. A bolsa, provavelmente, havia desaparecido nas águas do rio, pois ninguém dela havia dado notícia. As roupas, uma calça *jeans* e uma camiseta vermelha, ainda manchadas de sangue e do óleo que poluía as águas do rio, foram-lhe entregues. Imediatamente, ela pôs-se a buscar alguma coisa nos bolsos. Nenhum de seus pertences estava neles, a não ser uma carteirinha plastificada da Assembleia Legislativa que ela usava como passaporte para entrar no gabinete e no escritório do respeitável deputado Assis Santana. Por causa da atitude relapsa do policial que a revistara, a carteirinha, colada ao tecido da calça, não fora percebida, sendo, agora, o único documento que lhe restava.

Sem outra alternativa no momento, ela passou a morar na simples mas confortável casa do doutor Armando. Cuidava de tudo com carinho, como se fosse uma verdadeira empregada, ou uma verdadeira esposa. Era tratada com amor paternal. Não havia entre ambos nenhum interesse sexual, apesar de ele reconhecer naquele corpo jovem e escultural uma tentação a que poucos resistiriam.

O bom doutor passou a pagar-lhe régio salário e a ficar mais tempo em casa. Agradava-lhe chegar e encontrar seu banho preparado, os chinelos no lugar, o cheiro de comida na cozinha, a mesa posta, enfim, a vida que tinha desaparecido daquela casa com a morte da esposa havia tantos anos.

Gostavam de ficar até tarde da noite conversando, falando dos mais variados assuntos. Eliana jamais tocara em seu passado e o médico nunca lhe pedira explicações. Sabia que ela escondia algum segredo, mas achava que tinha o direito de guardá-lo para si, até o dia em que resolvesse, espontaneamente, dividi-lo com alguém. Armando era um desses raros homens capazes de dedicar-se ao próximo, sem nada exigir em troca, sem nada forçar. Sabia que teria naquela menina, caso lhe pedisse, uma companheira ímpar na cama, porém compreendia que ela só se entregaria a ele por reconhecimento à sua bondade, não por amor, certo que ela já se acostumara a estimá-lo como a um pai.

A gravidez avançava, desenvolvendo-se com sucesso. Quando chegou o dia, o próprio doutor Armando fez o parto, trazendo ao mundo um robusto menino a quem ele mesmo fez questão de apadrinhar no batismo. Armando Pinheiro foi o nome escolhido em homenagem ao seu benfeitor, em reconhecimento à afeição dedicada à mãe e ao filho. Aquele menino passou a ser o neto que o doutor nunca pudera ter.

Eliana ia criando o filho, apesar dos conselhos de seu protetor, da maneira mais fechada possível. Não gostava que ele visse televisão, saísse à rua, tivesse amiguinhos ou folheasse livros e revistas. Estranhamente, parecia querer escondê-lo do mundo ou esconder dele o mundo que havia lá fora. Armando achava aquela atitude estranha, porém julgava tratar-se de um capricho da moça, de ciúmes de mãe, coisa explicável, que mudaria com o tempo.

Dez anos se passaram, durante os quais os três formaram uma verdadeira família. O "tio Armando" era, depois da mãe, a única pessoa com quem o garoto brincava e conversava. Aparentemente, a felicidade era completa naquela casa, onde o doutor se acostumara, novamente, a passar a maior parte de seu tempo de folga, brincando com o menino, conversando com Eliana, estudando, lendo, ou simplesmente cachimbando, enquanto repousava na poltrona.

Numa noite, após uma operação no hospital, chegou em casa um pouco mais tarde do que de costume. Estranhou ver as luzes apagadas àquela hora. Durante os anos em que convivera com Eliana, ela jamais saía de casa, a não ser para ir à padaria, ao supermercado, ao açougue, todos no mesmo quarteirão. À noite, jamais havia saído, apesar dele achar que ela era jovem e bonita demais para passar as noites trancada em casa. Sentiu-se feliz ao concluir que ela, finalmente, havia saído, iria buscar nova maneira de viver, conhecer outras pessoas, enfim, aproveitar sua juventude.

Abriu a porta e entrou na sala escura. Acendeu as luzes e dirigiu-se à cozinha em demanda do costumeiro trago de conhaque antes do banho. Sobre a mesa, um bilhete. Reconheceu a letra da moça que dizia apenas: *Lamento ter de partir. Não posso abusar mais de sua bondade. Que Deus lhe retribua, de alguma forma, tudo que dedicou à minha vida e à de meu filho nesses anos. Com amor, Eliana.* Dobrou o bilhete, encostando-o com amor ao peito. Chorou, consciente de que jamais encontraria em sua vida aquelas duas almas, que levavam consigo, não sabia para onde, um pedacinho de si. Poderia localizar seu paradeiro; no entanto, assim como a aceitara em sua casa sem exigência de explicações, aceitaria sua decisão de fugir para cumprir seu destino, saindo de sua vida como havia entrado.

O corpo de um líder sindical fora encontrado boiando nas águas da lagoa Rodrigo de Freitas, no Rio de Janeiro. Aquele jovem barbudo, no dia anterior, liderara um movimento de greve na Metalúrgica Assis Santana, paralisando, totalmente, as atividades. Tinha uma liderança incontestе e incrível capacidade de hipnotizar a massa com seus discursos inflamados. Havia muito, vinha mobilizando os operários no eixo Rio-São Paulo, reivindicando melhores condições de trabalho, salários mais dignos e redução da jornada, em prol da criação de mais empregos para o povo. Sua morte foi o mais pesado golpe no emergente movimento sindical no país.

Um delegado federal e dois investigadores prometiam à imprensa e ao sindicato que aquele crime não ficaria impune como tantos outros; doesse a quem doesse, iriam ao inferno, se necessário, para buscar e punir o culpado ou os culpados.

Inácio, por acaso, encontrava-se no Rio de Janeiro, onde havia levado uma equipe de técnicos à Metalúrgica. Chamado às pressas por Deraldo em São Paulo, chegou ao escritório ao amanhecer, partindo de volta imediatamente, com um grande pacote de dinheiro.

As investigações foram, dia a dia, tornando-se menos intensas, até que, um mês depois, uma notinha saía nas páginas internas de um jornal, informando que a polícia concluíra que o afogamento do sindicalista na lagoa havia sido suicídio.

O delegado, "cansado de trabalhar", requereu sua aposentadoria e desapareceu do Rio, enquanto os dois investigadores foram transferidos para outro departamento, onde se apresentavam, para inveja dos colegas, em carrões do ano e ternos caríssimos.

O jornalista, autor da nota sobre a morte do jovem líder sindical, estranhou o encerramento do caso. Era um profissional que iniciava a carreira, decidido a levar o jornalismo a sério, fazendo de seu compromisso com a verdade a bandeira pela qual pautava seu trabalho, e tinha sérias desconfianças daquela conclusão. Começou, por conta própria, uma investigação sigilosa. Vivia mexendo aqui, perguntado por ali, mas logo suas perguntas caíram em ouvidos errados. Antes que pudesse achar o fio da meada, fora despedido do jornal e ameaçado por policiais. Não mais conseguiu emprego no ramo. A imprensa não se interessava por um funcionário "sem ética profissional e corrupto no exercício da honrosa profissão de jornalista". Ademais, ser demitido de um jornal da seriedade e expressão daquele que fazia parte das Organizações Assis Santana era, sem nenhuma dúvida, fim de carreira para qualquer profissional.

Superando obstáculos como aquele, lançando mão dos mais sujos e variados meios, a carreira e a vida empresarial de Deraldo iam tomando conta do país. Cresciam, a cada dia, seus investimentos em ambos os segmentos, e não havia neles qualquer adversário capaz de provar alguma coisa contra sua atuação, que não deixava rastros das patifarias utilizadas para alcançar os objetivos. Qualquer ameaça à sua carreira, na política ou nas empresas, era abatida no ninho, como ele sugeria a Inácio, a poder do dinheiro, da ameaça, ou em casos mais extremos, a poder da força e, se necessário, adotadas soluções fatais.

Aos cinquenta e oito anos de idade, concluía seu sétimo mandato como deputado. Em seus últimos anos de vida pública, vinha sendo assediado pelos companheiros de partido e por oposicionistas de fachada, que tentavam impor-lhe uma candidatura ao cargo de governador do estado, visando, futuramente, o posto de presidente da República. Sua eleição para qualquer cargo no Executivo não seria problema. Nada se faria contra ele, frente a seu prestígio, a seu domínio sobre os vários segmentos que influenciavam os pleitos, principalmente a televisão, o novo e poderoso formador de opiniões, que podia eleger e cassar políticos em qualquer cargo.

As organizações Assis Santana contavam, em seu patrimônio, com dois canais de TV, inúmeras estações de rádio e jornais esparramados por quase todo o país. Apesar dessas vantagens sobre qualquer adversário que fosse enfrentar, o deputado relutava em deixar o Legislativo mudando de esfera de atuação.

Já ajudara a eleger governadores e presidentes em várias oportunidades, assim como já contribuíra, com seu poderio empresarial e político, para destituir do cargo tantos outros que ousaram contrariar seus interesses ou os interesses de algum de seus protegidos. Definitivamente, não achava atrativos esses cargos. O desgaste era maior e a compensação não era atrativa. Não conhecia nenhum chefe do Executivo que tivesse um décimo de sua fortuna, a principal razão de sua atuação política.

Tinha viva na memória a recente construção da moderníssima estrada cuja concorrência pública a Construtora Assis Santana havia ganhado a um preço superfaturado, rendendo-lhe rios de dinheiro, enquanto que o pobre do governador, que corria todos os riscos, recebera, na tramoia, apenas dez por cento do montante relativo ao superfaturamento, tendo, ainda, que envolver na trama seu secretário dos Transportes, cuja honestidade chegou a quase metade de sua parte. Ademais, o Executivo era cargo mais fiscalizado, dificultando sua maneira peculiar de atuação. No máximo, para colaborar com o partido e com os persistentes correligionários, aceitaria disputar um cargo no Congresso Nacional para aposentar-se definitivamente.

Assim decidido, lançou sua candidatura a senador da República com maciço apoio de praticamente todos os segmentos econômicos e políticos do estado e ajuda de toda parte do país. Sua eleição era indiscutível.

Numa praça de Arco Verde, importante cidade do agreste pernambucano, alguns homens conversavam sobre o momento político e as eleições que se aproximavam. Falavam da epopeia do moço saído da miséria do sertão para tornar-se prefeito da cidade que vinha administrando de maneira surpreendente, tal era sua eficácia e honestidade na lida com o dinheiro público. Aquele desempenho vinha chamando a atenção dos grandes caciques políticos de Recife que não conseguiam mais impor ao eleitorado um candidato da capital para o cargo de governador. A disputa na convenção do partido do governo era acirrada e os maiores políticos conheciam a predisposição do sertão e do agreste em não admitir outro candidato que não os representasse. A vitória de um candidato da capital estava totalmente fora de cogitação; insistir naquela tentativa seria entregar o governo à oposição; todos tinham consciência da nova realidade. Aquele era um fato irrefutável.

A região de Arco Verde havia levantado essa bandeira que começou a ser seguida por todo o sertão e agreste, acenando com a possibilidade de lançamento de um candidato interiorano. A escolha, depois de muita polêmica, acabou por recair no nome do prefeito do próprio município de Arco Verde, aquele homem sem mácula, novo na política, mas com fama de criterioso e honesto administrador, capaz de aglutinar o poderio que representava o eleitorado do interior do estado, dando a vitória ao partido.

— É o homem mais honesto do estado, dizia um.

— E o mais simples e trabalhador, atalhava outro na roda que se formava na praça central da cidade.

— Esse tem que ganhar!, concordaram todos.

Naquela euforia, lançado o candidato, um repentista exaltava a luta do menino pobre do interior que havia conseguido, com extremo sacrifício, chegar ao ápice da política interiorana, como catalisador de todas as correntes do sertão e do agreste, para ameaçar com sucesso a longa sequência de candidatos impostos pelos traquejados políticos da capital.

— E ainda abandonado pelo pai, lembrava alguém.

José Carlos Monteiro Filho começara a carreira ainda muito cedo, em Tupanatinga, ganhando uma eleição para vereador. Seu desempenho no legislativo deu-se exatamente nos moldes do trabalho de Deraldo em Caconde. Logo o nome do vereador Monteiro Filho ganhava terreno, expandindo-se para além das fronteiras de Tupanatinga e, a exemplo de Deraldo, chagando aos bastidores do Palácio do Governo e da Assembleia, onde, graças à sua incrível simplicidade, persistência e arrojo, ia conseguindo êxito em suas iniciativas em favor da sofrida região. Como vereador, passou a ser conhecido em todos os municípios circunvizinhos, e daí a chegar a prefeito de Arco Verde foi questão de tempo. Com a mesma determinação e fama de ser extremamente honesto, humilde e criterioso, caiu nas graças das populações de outros municípios e, finalmente, tornou-se conhecido nos mais altos escalões da política pernambucana, como homem capaz de conter o avanço da oposição, que ameaçava seriamente o poder do governo, há muito detido por aquele partido.

— Subiu como um foguete, comentava o homem na praça.

— E abandonado pelo pai, reiterava outro, ignorante que era do sacrifício do ceguinho com sua sanfona, para juntar trocados nas ruas de São Paulo, e mandá-los para a mulher já adoentada, para custeio dos estudos do valente filhinho em Tupanatinga, que, vencendo obstáculos, ia transpondo a duras penas, etapa por etapa, o espinhoso e hostil caminho da política honesta e profícua, para ser destaque no estado, único sonho que povoava a escuridão do mundo de José Carlos Monteiro, o ceguinho sanfoneiro.

Uma mulher de rara beleza e elegância passou pelos porteiros do prédio, chegando, sem ser incomodada, ao escritório de Deraldo. Usava um ousado vestido vermelho, cujo decote destacava os seios bem feitos e firmes. As aberturas laterais, quase atingindo os quadris, expunham um par de pernas morenas, que deixava boquiabertos os porteiros e funcionários. Seu andar era sensual e provocante; o perfume exalado deixava no corredor um aroma irresistível. Ela conseguiu passar pela secretária, apresentando uma carteirinha do gabinete do deputado na Assembleia, e foi introduzida no escritório. Deraldo estava sentado em sua poltrona, examinando atentamente um relatório. Quando levantou a cabeça e a viu ali parada à sua frente, ficou surpreso, paralisado. Conhecera muitas mulheres bonitas, entre as mais elegantes e badaladas da alta sociedade, porém aquela superava qualquer lembrança que tivesse de outras. A princípio, ficou sem ação, apenas olhando com admiração para aquele corpo fenomenal que o vestido justo modelava. Somente quando ela falou, esboçando o sorriso que lhe era peculiar, Deraldo a reconheceu. Não era possível, mas ali, de pé, à sua frente, linda como ele jamais a sonhara, estava Eliana Pinheiro, a amante adolescente da qual ele se esquecera completamente havia tantos anos.

Refeito da surpresa, convidou-a a sentar-se. Ali, naquele sofá de tantas lembranças para ela, conversaram por longas horas. Ela não mencionou o episódio ocorrido naquela noite após ter deixado o escritório. Com astúcia, levou Deraldo a acreditar que somente a Inácio atribuía o crime. Ele, por sua vez, também preferiu evitar o assunto, não perguntando nem mesmo pela criança, seu filho que ela carregava consigo na época. Chegou a desconfiar de Inácio no desempenho daquela incumbência. Pouco falaram sobre aquele passado. Eliana sabia tudo sobre sua carreira, que acompanhava com especial interesse durante todos aqueles anos de sofrimento por aquele amor atroz que não pôde levar avante. Falou-lhe de sua tortura, distante dele, do quanto o amara naqueles longos anos de solidão e sofrimento, sem mágoa, sem ódio, sem esperanças, apenas de amor inapagável, surpreendendo-o com o conhecimento que demonstrava ter sobre suas atividades, inclusive alguns fatos que não eram de domínio da imprensa. Finalmente, disse-lhe que perdera o filho em consequência da tentativa de assassinato de que fora vítima. Lembrou-se do bom doutor Armando, que tudo fizera para evitar que a imprensa divulgasse aqueles fatos, de modo que o amante jamais ficara sabendo de sua milagrosa salvação e a de seu filho.

Deraldo ficou por uns momentos a considerar o quanto fizera sofrer àquela menina que ele, por pavor diante de uma responsabilidade, havia colocado da porta para fora, a carregar, além de sincero e inocente amor, seu próprio filho, fruto de tantos momentos de loucura e prazer. Pediu perdão, humilhado. A moça, porém, tranquilizou-o, dizendo-lhe que não guardava nenhuma mágoa do passado, que o importante era que estava ali com ele, podendo conversar como uma mulher madura, consciente, e admirá-lo, sem ser aquela menina ingênua.

Não conseguia tirar os olhos de seus lábios, de seus seios, de suas pernas cruzadas sobre o sofá. Num impulso irresistível, puxou-a para si, beijando-a avidamente. Ela não lhe ofereceu resistência; ao contrário, correspondeu ao beijo com volúpia, enquanto as mãos dele percorriam seu corpo em carícias enlouquecedoras.

Aconteceu o inevitável. Logo ambos se encontravam nus, rolando sobre os tapetes e amaram-se com sofreguidão, esquecendo-se do resto do mundo, da vida, do passado, do ódio e da culpa. Para Deraldo, nada mais importava naquele momento. Finalmente era feliz, não só porque tinha nos braços aquele corpo incomum dando-lhe prazer jamais experimentado, mas também por poder, finalmente, apagar de sua memória alguma culpa, algum remorso pela infeliz sentença de morte determinada naquela noite ao irmão.

Escurecia quando se vestiram e ela começou a deixar a sala. Ele ainda a abraçou por trás, junto à porta, beijando-lhe os ombros nus. De repente, diante da possibilidade de perdê-la novamente, teve a ideia de convidá-la a passar com ele o fim de semana em sua casa de praia no Guarujá. Ela fingiu pensar, hesitar, dizendo, por fim, que aceitava o convite, que iria sozinha no sábado à noite encontrá-lo.

A SOMBRA DO ARCO-ÍRIS

Nos dias que se seguiram, Deraldo não podia deixar de pensar naquela mulher. Não se concentrava em outra coisa, senão naquele corpo, na voz sensual, na volúpia com que ela se entregara como mulher completa, experiente e insaciável. Já não era aquela garotinha sonhadora e inocente que só falava de seu amor, da admiração pelo grande homem. A idade amadurecera-a, tornara-a mulher em todos os sentidos. Parecia, ainda, sentir seu perfume envolvente e sua voz rouca a sussurrar em seus ouvidos, com desespero que queria mais e mais. Relembrava seu corpo nu rolando com ele sobre os tapetes; revia-a de pé, vestindo-se lentamente. De repente, uma pequena cicatriz destacou-se em suas lembranças; uma pequena marca acima da cintura, próxima ao umbigo. Teve um sobressalto. Então Inácio não havia mentido, não o tinha traído conforme suspeitava. A velha peixeira havia mesmo sido usada, havia perfurado aquela menina como o irmão lhe descrevera. Remorsos e sensação de culpa passaram a atormentá-lo. Como podia ter condenado à morte uma menina cuja única culpa era a de tê-lo amado na loucura de sua inocência? Passou a sentir-se um monstro, o mais vil dos homens. Felizmente, ela havia se salvado; de alguma forma, conseguira safar-se do destino que ele lhe traçara como maneira simples e eficiente de livrar-se de um problema a mais na vida. Felizmente, a veria de novo no fim de semana. Contou cada dia, cada hora, sem pensar, sem preocupar-se com sua extensa agenda, até chegar o sábado.

À tarde, pegou o carro e desceu a serra, chegando à casa de praia ao anoitecer. Dispensou o caseiro, após lhe determinar que comprasse comida extra e bebidas. Preparou a sala como se fosse receber uma verdadeira princesa e sentou-se na penumbra, bebericando uma taça de vinho. A campainha veio tirá-lo do cochilo.

Abriu a porta, deparando-se com a mulher mais linda que julgou haver visto em toda sua vida. Ela estava ainda mais deslumbrante, em seu traje elegante e perfume irresistível. Abraçaram-se com volúpia e desejos incontidos quando a porta se fechava atrás dela. Foi uma noite de loucura e completa felicidade para o cansado deputado. No dia seguinte, continuaram o idílio como a lua de mel que ele imaginara na adolescência, sem nunca haver tido ao lado de sua esposa fria e indiferente, como tantas outras que tivera em sua vida, sabidamente, atrás de sua riqueza, atrás de seu poder; objetos descartáveis e inúteis, vazias e fingidas.

Eliana não, não queria nada dele, a não ser a oportunidade de estar em seus braços, de ser amada e poder amá-lo, como se fosse recuperar, num fim de semana, os anos de solidão e sofrimento, como se pudesse compensar numa noite os sofrimentos provindos daquela primeira loucura da vida, daquele primeiro e único amor que marcara sua existência.

Na noite de domingo ela despediu-se. Não quis dizer-lhe quando nem onde encontrá-la. Disse-lhe apenas que o encontraria um dia, mas não queria ser procurada novamente. Saiu pelo portão e desapareceu entre os transeuntes, deixando-o inerte, sentado na poltrona da sala a imaginar quando seria aquele dia.

Retomou a rotina de sua vida atribulada, com dificuldades para concentrar-se nos negócios e na campanha para senador que estava correndo de forma promissora como o partido desejava.

Quando sozinho no escritório, ficava observando o telefone e a porta, na esperança de que ela ligasse, ou de vê-la, de repente, entrar para atirar-se em seus braços.

Sentia que a cada dia aumentava seu desejo de tê-la consigo, de falar-lhe de seu amor, agora verdadeiro e maduro; de, finalmente, pedir-lhe que se casasse com ele, a despeito de todos os compromissos com a política e com a sociedade. Ainda que tivesse que desistir de tudo, da carreira, do partido, dos compromissos com o mundo político, haveria de casar-se com ela para ter, finalmente, a felicidade que toda sua fortuna jamais pudera dar-lhe.

Com o decorrer dos dias, viu que suas esperanças eram vãs; ela não reaparecia, não dava nenhuma notícia. Sabia que conseguiria com facilidade encontrá-la, através de sua equipe de segurança com vários investigadores ao seu dispor; ela, porém, fora taxativa quando lhe pediu que não a procurasse; que ela o encontraria, se assim o desejasse.

Passaram-se longos dias e meses que aumentavam seu drama, tornando a saudade mais contundente, suas esperanças mais débeis.

Finalmente, decidiu que não a esperaria mais, que não ficaria para sempre preso a um fio de esperança como aquele. Dedicou-se à carreira política e às empresas com afinco nunca antes experimentado, trabalhando até a exaustão.

Com efeito, um ano depois, raramente se lembrava dela. Os compromissos e a eleição passaram a ocupar todo o vazio que ela havia provocado com seu desaparecimento, levando sua vida de volta à rotina da política e da administração da gigantesca Organizações Assis Santana, que crescia de maneira ímpar no país.

Sua eleição para o Senado fora fácil como previam. Agora, passando a maior parte de seu tempo na capital federal, esquecera quase que por completo a mulher que tanto fustigara sua vida amorosa naquele último ano. Decidira de vez deixá-la no passado, a exemplo do que havia feito no passado com aquela garotinha líder da torcida em suas campanhas.

Em Recife, Monteiro Filho começava a ganhar notoriedade à frente do governo do estado, onde havia vencido com sérias dificuldades a eleição. Sua projeção chamou a atenção do grande Assis Santana. Era estratégia do agora senador aproximar-se de todos os nomes eminentes na política, procurando envolvê-los em sua teia, de maneira que pudesse tirar eventuais proveitos do relacionamento com eles.

Determinou ao seu chefe de gabinete que trouxessem o novo governador à sua presença no Congresso. Contatado, Monteiro filho mandou dizer-lhe que teria satisfação em recebê-lo em Recife, mas lamentava não dispor de tempo para ir até a capital federal naqueles dias.

A petulância do novo político irritou o senador. Ele estava acostumado a ter a seus pés os mais notáveis homens públicos do país, e até no exterior era respeitado por sua fortuna e pelo nome que ostentava.

Reconheceu, porém, naquele novo político, fibra e personalidade, qualidades raras que ele admirava e respeitava num homem público.

Uma semana depois, foi recebido em audiência previamente marcada por Monteiro Filho, no Palácio do Governo de Pernambuco. Conheceu, finalmente, aquele "moleque" que ousava "levantar o topete" diante de sua vontade. Para ele, qualquer neófito na política era moleque. Foi recebido com cordialidade, mas sem pompa.

Monteiro Filho não tinha dúvidas sobre a carreira pouco exemplar do famoso senador. Sabia que seu passado não o recomendava a santo, porém reconhecia nele um político que lutava tenazmente e muito realizara em prol do povo mais sofrido. Era, enfim, um entre os principais representantes do "rouba, mas faz", o que mais realizara em benefício da população paulista. Monteiro Filho não conhecia a origem do senador, que jamais tornara pública sua condição de nordestino de nascimento. No início da carreira, acreditara que sua origem nordestina pudesse depreciar sua imagem, prejudicando aquela escalada política, mas diante da surpreendente simplicidade e da autenticidade daquele homem, acabou por confessar-lhe sua condição de filho de Pernambuco. Quando ambos descobriram que eram conterrâneos, filhos da mesma Tupanatinga, uniram-se num abraço, emocionados. Ali estavam, unidos pelo destino, dois filhos da árdua vida nordestina, vencendo obstáculos para transformarem-se em dois gigantes da política nacional, cada um com seu estilo, cada um com suas convicções, tendo em comum a mesma origem na inexpressiva vila, que nem sequer sonhava ser terra do notável senador.

Monteiro Filho passou a discorrer sobre sua epopeia na carreira política e o desejo de cumprir a vontade do pai, que fora para São Paulo tentar ganhar o dinheiro necessário para ele estudar. De repente, Deraldo se deu conta de que estava frente a frente com o filho do querido José Carlos Monteiro, o ceguinho, encontrado morto em sua casinha havia menos de um ano.

Contou ao conterrâneo tudo que fizera pelo ceguinho e o quanto sua família o estimava. A emoção tomou conta do ambiente. Ambos, comovidos, passaram a falar mais francamente sobre o passado, e a seca no Nordeste passou a ser o assunto dominante em suas conversas ao longo de uma semana em que Deraldo ficou hospedado, como visita oficial, no Palácio do Governo.

Uma sincera e sólida amizade desenvolveu-se entre ambos a partir daqueles dias. Falavam de projetos que acreditavam poder salvar a nação do caos para o qual caminhava, diante da ganância desenfreada do capital especulativo que levava as divisas, obrigando o governo federal a contrair gigantescos empréstimos junto ao implacável FMI, que, a cada dia, aumentava sua ingerência na administração do país, usando a interminável dívida como arma para determinar a política de juros, o sistema de ensino, o controle da economia, a política cambial, enfim, praticamente, todas as decisões vitais ao crescimento de um país.

Deraldo, que vivia até então alheio ao problema da seca no Nordeste, passou a dividir com o novo amigo e conterrâneo sérias preocupações diante dos relatos que ouvia e dos projetos impraticáveis, sonhos que jamais seriam realizados por falta de recursos e de vontade política do governo federal em todos os poderes. Agora ficavam, sempre que podiam encontrar-se, até altas horas da noite, falando dos sonhos de Monteiro Filho em ter, um dia, um

Nordeste que não expulsasse seus filhos para outras terras em busca de comida, água e vida. Desses diálogos inúmeros projetos surgiam à espera de que algum dia o governo central resolvesse abrir os cofres, quando, então, provariam que os problemas do sertão, em quase sua totalidade, tinham soluções.

Sempre que Deraldo falava no assunto na tribuna do Senado, dezenas de promessas de apoio e de liberação de recursos surgiam. Ninguém ousava dizer não ao poderoso senador, porém tanto protelaram o cumprimento das promessas, que os dois filhos de Tupanatinga e toda a população à espera de soluções entenderam que, realmente, como previam, nada seria feito.

Lembrou-se da mãe que fazia daqueles homens a ideia que ele, somente agora, com tanta vivência na podridão política, acabara por formar. Pensando nisso, sentiu orgulho; teve saudade e admiração pela perspicácia de Delma.

Naqueles últimos meses, Deraldo vinha sentindo algumas indisposições que o incomodavam. Nunca havia consultado um médico, apesar de possuir, entre suas empresas, dois hospitais e um dos maiores planos de saúde do país. Sempre tivera saúde de ferro e, quando começou a sentir os primeiros sintomas, decidiu-se por um *check-up* geral. Achava que, finalmente, era hora de sacrificar alguns dias de seu tempo precioso para ver como estava a própria saúde. Apesar de começar a preocupar-se, sempre deixava a iniciativa para amanhã; sempre tinha alguma coisa muito importante para tratar; um compromisso inadiável, um encontro mais urgente, uma sessão de vital importância. Assim, ia protelando os exames que planejava fazer.

Um dia, nas raras vezes em que ficava em seu escritório, em São Paulo, teve um acesso de tosse que o fez correr ao banheiro. Ao escarrar no vaso, notou sinais de sangue no próprio catarro. Imediatamente sentiu náuseas e tentou vomitar. Mais sangue lhe saiu pela boca misturado ao vômito. Lavou-se e voltou à mesa, retirando o paletó e arregaçando a manga da camisa. Olhando mais detalhadamente para os braços, notou alguns sinais, algumas manchas estranhas que sabia não ter antes. Curioso, voltou ao banheiro. Despiu-se totalmente e notou, apavorado, que as manchas se estendiam por diversas partes do corpo. Olhando-se atentamente no espelho, passou a ver-se como um velho. Estava pálido, muito magro, com olheiras e os cabelos grisalhos já eram ralos. Havia notado a queda de cabelos há algum tempo se acentuando. Via no travesseiro, no pente, sinais da irremediável calvície, porém nunca tinha atentado para aquela imagem, para o quanto se debilitara em pouco tempo. Sentiu que não era só consequência da idade.

Assustado, vestiu-se decidido a ir imediatamente ao hospital. Chamou Inácio pelo interfone. Aguardou. Nenhuma resposta. Voltou a chamá-lo, já irritado. O irmão jamais saía da portaria sem seu prévio conhecimento. Sem resposta, chamou pela secretária, determinando que fossem averiguar o ocorrido. Em poucos minutos, ela voltou pálida, assombrada. Não conseguia expressar-se. Somente acenava para o corredor para onde voltou correndo. Deraldo levantou-se furioso, seguindo, pelo corredor afora, a secretária e alguns funcionários às pressas. Na guarita, tomou a frente do grupo a observar o irmão debruçado sobre a mesa. Estaria dormindo? Levantou-lhe a cabeça e, com pavor, viu em seu peito, cravada até o cabo, a inseparável peixeira. Só então se deu conta de que pisava uma poça de sangue. Constatou que Inácio estava morto. A peixeira, enfiada no peito, atravessara-lhe o coração. Em meio à confusão, encontrou sobre a mesa um envelope com seu nome escrito à mão como destinatário, e embaixo a anotação *confidencial*. Não havia remetente; não havia selo. O envelope fora deixado na guarita por alguém que conseguira aproximar-se o bastante de Inácio para fazê-lo e, provavelmente, assassiná-lo.

Deu ordens para que cuidassem do corpo e subiu para o escritório ainda incrédulo, diante do quadro presenciado. Tinha no irmão o principal confidente, o braço direito, o cúmplice de tantas e vergonhosas ações, o cão fiel que tudo realizava ao seu comando. Além disso, era o único irmão, a pobre vítima que ele tinha transformado naquele monstro e, agora, nem mais isso; era um corpo inerte, frio, inútil, com a peixeira do pai enterrada no peito. Sentou-se à mesa com esses pensamentos. Chegou a esquecer-se do envelope depositado à sua frente. Logo, porém, a entrada da secretária o fez voltar ao seu mundo. Após dispensá-la, apanhou o envelope e, com incontida curiosidade, abriu-o trêmulo. Dentro, apenas um papel. Examinou-o superficialmente. Era um exame de sangue. Leu o resultado: *soropositivo*. Só então constatou tratar-se de um exame de HIV. Não restava dúvida, a pessoa que fizera aquele exame estava irremediavelmente contaminada pela incurável AIDS. Mas o que ele tinha a ver com aquilo?, perguntou-se. Certamente se tratava de algum engano. Pôs o dedo no interfone para chamar a secretária, mas, de repente, ficou atônito ao ler o nome da pessoa que fizera o exame: Eliana Pinheiro.

— Ela!... conseguiu exclamar. O exame era datado de quase dois anos atrás. Voltou mentalmente no tempo até a última semana em que tinha estado com ela por duas vezes. A data do exame era, exatamente, de um mês antes daquele surpreendente reencontro.

A SOMBRA DO ARCO-ÍRIS

Rapidamente compreendeu a armadilha em que tinha caído. Ela havia contraído a doença e, premeditadamente, o havia procurado para, naquela semana de amor e louca paixão, logicamente encenada com talento incomum, transmitir-lhe o mortal vírus. Agira como a temível viúva negra na execução de sua vingança ao dar-lhe prazer nunca antes sentido, enquanto lhe injetava o mortífero veneno.

Lembrou-se das últimas palavras daquela menina com o ódio estampado no rosto quando saía do escritório entre lágrimas, batendo a porta:

— Você pagará por isso, dissera ela. Lembrou-se da missão confiada a Inácio; a morte certa na ponta da peixeira e o corpo rodando nas águas negras do Tietê.

Era uma menina indefesa e inocente diante do amor cego que sentia por ele. No entanto, mais de vinte anos depois, uma mulher decidida, firme no seu intuito de vingar-se, de destilar seu ódio contra aquele que tentara destruí-la e a seu rebento, ainda no útero. Tinha, ao longo de tantos anos, guardado seu ódio, orquestrado o plano infalível, talvez contaminando-se de propósito para poder transmitir-lhe a maneira lenta e fatal de morrer.

Tinha consciência de que, doravante, iria se definhar lentamente, tornando-se aos poucos um farrapo humano cercado por tamanha fortuna inútil para livrar-lhe daquele negro pesadelo. Lembrou-se novamente de Inácio. Melhor sorte tivera o irmão que, pelo menos, encontrara o fim de maneira rápida, sem ver seu corpo se apodrecendo em vida, sem esperança de cura. Inácio morto e ele tragicamente condenado... De repente, uma dúvida passou-lhe pela cabeça: o irmão teria também sido vítima da vingança? Concluiu que sim, que de alguma forma Eliana, ou alguém mais forte, tinha conseguido aproximar-se do desconfiado Inácio o bastante para subtrair-lhe a velha peixeira e desferir-lhe o golpe fatal, concluindo a vingança acalentada por tantos anos.

Não teve raiva de Eliana. Sabia que ela tinha razões mais que justas para praticar ambos os crimes. Ele e Inácio haviam matado uma adolescente, e criado uma víbora para matá-los de maneira ainda mais trágica e cruel.

Decidiu, após cuidar do sepultamento do irmão, colocar a campo sua equipe de segurança e investigação para localizar Eliana.

Não lhe tinha rancor; nem desejava sua punição. Queria vê-la, falar com ela, mostrar-lhe o resultado já visível de sua vingança, saber do filho que ele julgava morto, de como ela havia sobrevivido à ação de Inácio sempre infalível.

Em alguns dias, seu chefe de segurança entregou-lhe o endereço de Eliana Pinheiro. Era um quartinho de pensão, num cortiço, na zona leste da cidade; um local deplorável.

Deraldo bateu inutilmente na portinha de compensado. Uma senhora gorda, malvestida, aproximou-se irritada. Ao ver aquele homem de aspecto nobre, bem trajado e o carrão em frente ao portão do cortiço, transformou-se. Conteve seu ímpeto agressivo, tornando-se dócil e prestativa. Quando Deraldo perguntou por Eliana, ela assustou-se. Queria saber se ele era polícia. A resposta negativa tranquilizou-a. Passou a ver dinheiro naquela visita. Convidou-o a entrar. Numa sala mal cuidada e suja, ele sentou-se enojado numa velha poltrona. Imediatamente puxou a carteira, pedindo à velha que lhe falasse sobre Eliana. Diante das notas novas e valiosas, ela não se fez de rogada. Abriu-se em amáveis sorrisos e começou a falar, inicialmente fazendo algum esforço para lembrar-se dos mínimos detalhes e datas aproximadas.

Eliana aparecera no cortiço há cerca de doze ou treze anos. Trazia um filho com cerca de sete anos. Parecia pessoa da alta sociedade, falando bem, bem vestida e muito limpa, cheirando a perfume caro. Alugou o quartinho com duas camas, onde passou a viver uma vida bastante reservada, pouco falando com os vizinhos ou com a dona do cortiço. Certamente trazia consigo algum dinheiro, pois passou meses sem trabalhar, apenas fechada em casa com o filho ou saindo com ele pela cidade, para voltar sempre à noite. Logo, porém, talvez premida pela falta do dinheiro, passara a ganhar a vida prostituindo-se. Constantemente a viam entrar com homens no quartinho, às vezes até com dois ou três numa mesma noite. Desconfiavam também de drogas. Eliana, apesar da vida mundana e das péssimas condições do cortiço, continuava parecendo uma verdadeira dama. Era muito bonita e sempre elegante. Costumava ficar horas a fio no pátio, no fundo do cortiço, somente de biquíni, bronzeando seu corpo fenomenal. Cuidava-se como se fosse uma modelo de fama. Os anos foram passando rapidamente e Eliana sempre se entregando mais e mais àquela vida pecaminosa e infeliz. O filho crescia a olhos vistos, tornando-se um adolescente robusto e bonito, porém com ar de idiota. Não falava com ninguém, a não ser com a mãe. Esta, diziam, mantinha com ele relações sexuais e não o deixava ter contato com mais ninguém no cortiço; não o colocara na escola.

A velha não se importava com a vida que ambos levavam, desde que pagassem em dia o aluguel, coisa que ela fazia religiosamente. Numa das poucas oportunidades em que conversaram de maneira mais íntima, talvez no afã de dividir com alguém seu drama, Eliana confessara-lhe que ela e o filho tinham uma missão a cumprir; que estava preparando o menino para uma vingança contra duas pessoas; uma vingança extremamente cruel que ambos levariam a cabo antes do fim de suas vidas; uma vítima para cada um deles. Na oportunidade, exibiu-lhe a cicatriz ao lado da barriga, afirmando-lhe que dois homens pagariam por aquilo; que um era dela e o outro do filho. A velha a julgava meio doida e não deu muita importância à conversa.

Eliana viveu com o filho ainda por muitos anos, sempre falando com a velha sobre aquela vingança.

Aproximadamente há dois anos, quando ela parecia estar no auge de sua beleza, ainda jovem e com o corpo mais lindo que no dia em que chegara ao cortiço, saiu, numa tarde, estreando um fantástico vestido vermelho, ousadamente decotado e aberto até as cochas. Parecia que ia a uma festa das mais elegantes, porém quando a velha lhe perguntou o motivo de tanta pompa, respondeu-lhe que ia executar parte de sua vingança, que finalmente havia conseguido a arma terrível que usaria contra sua vítima. A velha, como sempre, não lhe deu muita atenção. Quando ela retornou, trazia no rosto uma estranha expressão que misturava ódio e satisfação. Cumprimentou educadamente a velha e, sem que ela lhe perguntasse, disse-lhe que dera início à sua missão de vingança, mas que, para assegurar seu sucesso, a concretizaria no próximo fim de semana. Com efeito, no próximo sábado, ela arrumara-se ainda com mais esmero e passara dois dias fora. Voltando, disse apenas que só restava a parte do filho a ser cumprida.

Os fatos iam se tornando claros na cabeça de Deraldo. Lembrou-se da tarde no escritório e do fim de semana na casa de praia no Guarujá, ocasiões em que, sem dúvida, havia contraído o HIV na louca relação que tivera com Eliana.

A velha continuava a falar, empolgada com umas lágrimas que umedeciam visivelmente os olhos de Deraldo.

Alguns meses passados daquela estranha confissão, Eliana entregara-se definitivamente à bebida, à prostituição e à droga. Rapidamente, seu corpo invejável foi se desgastando. Seus cabelos começaram a cair; emagrecera assustadoramente e envelhecera dez anos em um, de maneira inexplicável. Ainda falava na segunda parte da vingança, porém ninguém dava importância às suas, agora, insistentes divagações.

Parecia obcecada pela necessidade de concluir seu projeto, até que naquele dia, à tarde, chegara anunciando a todos que finalmente tinha a certeza de que era hora do último ato, que havia visto sua vítima bem de perto; que ela estava pronta a receber o golpe final.

Deraldo lembrou-se de um dia recente, quando ele falava em um comício, e uma mulher de aparência desagradável o observava atentamente. Bem que chegou a achar que alguma coisa o atraía naquele espectro, porém, empolgado com o discurso que fazia, não podia esforçar-se para reconhecer aquela desprezível figura. Sabia, agora, tratar-se de Eliana, que fora, pessoalmente, verificar seu aspecto, certificar-se de que já podia dar-lhe o primeiro golpe com a notícia da contaminação. Vira-o já debilitado, com visíveis sintomas da doença, e decidira concluir seu plano contra ele e o irmão. Compreendera tudo o eminente Assis Santana.

Quando Eliana voltara daquela última visita, parecia mais serena e tranquila do que nunca. Era no entardecer, quando abraçada ao filho com o mesmo ar de idiota que sempre apresentava sorriam, dizendo que morreriam tranquilos, satisfeitos com a vingança que finalmente haviam concluído. Sabidamente, ambos estavam condenados pela AIDS. A velha teve pena daqueles dois infelizes que riam como se tivessem ganho um grande prêmio. Como sempre, voltara-lhe as costas, pensando que ambos estavam irremediavelmente loucos; que precisava arrumar um jeito de expulsá-los dali, até porque, por meses, ela deixara de pagar o aluguel. Assim pensando, entrava em sua casa quando, repentinamente, ouvira dois tiros vindos do quartinho. Juntamente com outros inquilinos, correram ao local. A porta estava aberta. Estendido no chão, com um filete de sangue a escorrer-lhe do peito, o moço estava imóvel. Um dos curiosos mais ousados tomou-lhe o pulso.

— Morto!, exclamou.

Na cama, desarrumada, a mãe, com um ferimento sangrando na cabeça, ainda se mexia. Um médico foi chamado, porém, ao chegar, nada pôde fazer pela infeliz. A polícia retirou-lhe o revólver da mão. Examinou ambos os corpos, concluindo o óbvio: ela atirara no peito do filho e em seguida em sua própria cabeça. Estranhamente, ambos pareciam esboçar leve sorriso nos lábios.

A essa altura da narrativa, chorou a velha — lágrimas que ela própria julgava haver deixado no passado longínquo, as quais acreditava não mais ter em seus olhos cansados de ver as podridões e a degeneração do caráter e da vontade, como acontecera com a pobre Eliana, a quem ela jamais levara a sério em suas divagações, em sua obsessão pela vingança prometida sempre que se falavam.

Deraldo compreendeu que a sede de vingança, contra ele e Inácio, fora o único motivo de vida daquela menina. Concluída a tarefa para a qual vivera aqueles longos anos e para a qual criara o filho, não mais encontrava motivos para continuar vivendo; nada mais tinha a fazer neste mundo.

O filho..., seu filho!, fruto de uma aventura que ele julgava acabada e sem consequência. O filho a quem ele havia repudiado junto com a mãe inocente, ainda criança; o filho que fora instrumento da vingança contra Inácio; o filho também vítima da terrível doença contraída, possivelmente, da própria mãe, assim como ele a contraíra naqueles dois inesperados e últimos encontros com ela. Assim pensando, virou as costas e afastou-se, deixando, com aquele quadro, mais um pouquinho de sua vida.

Solitário, em seu luxuoso escritório, Deraldo, mais uma vez, repassava sua vida, revendo tudo. Revia os amigos, a família deixada definitivamente abandonada na Faisqueira. Lembrou-se com saudades de Rosinha, da mãe, de Naninho, do quanto o ajudaram na infância a na adolescência. Lembrou-se com tristeza do bondoso Vitalino Mendonça com suas teorias sobre as fotos que deixamos de nossas vidas. A fria realidade martelava seu cérebro. Fora apoiado, ajudado, endeusado. Muitos tudo fizeram por ele. A vida tudo lhe oferecera, porém, ele... o que oferecera em sua situação privilegiada ao seu próximo, ao mundo que lhe dera tamanha projeção e riqueza? Nada!, concluiu na solidão de seu escritório, olhando para as próprias mãos que retratavam sua degradação física, com tudo sucumbindo diante do avanço da doença. Fora um oportunista, um sanguessuga que vivera, até aquele dia, somente para si, para sua fama, seu poder, sua fortuna; um parasita obstinado, na busca de vantagens pessoais, que só dava algo para receber corrigido, que fazia de qualquer benefício um meio de assegurar vantagens, um investimento seguro. Agora os tinha em abundância, dinheiro e poder, mas... para quê? O que fazer com tamanha fortuna que não curava sua doença, que não lhe curava as chagas acumuladas na alma, ao longo de tantos anos de atitudes condenáveis? O que fazer com o inútil dinheiro, com os falsos amigos, com o poder que não preenchia o vazio que sentia dentro de si, preenchido apenas pelo remorso implacável das horas de solidão? Com esses pensamentos, decidiu-se finalmente por empregar sua fortuna e seu prestígio em algo capaz de amenizar pelo menos parte de sua dor moral, algo que fosse grande o bastante, maior que sua inútil fortuna.

Chamou seus advogados, contadores e administradores ao escritório. Determinou, para espanto da equipe, que todos os seus bens fossem vendidos;

todos seus investimentos, no país e no exterior, fossem resgatados imediatamente. Bancos, hospitais, indústrias, construtoras, ações das maiores empresas da terra, tudo foi rapidamente vendido, causando o maior rebuliço que as bolsas do mundo inteiro já haviam experimentado.

Enquanto liquidava todos seus bens, viajou para Recife, onde se reuniu durante vários dias com o amigo Monteiro Filho.

A partir daquele encontro, uma equipe, composta de homens da Fundação Assis Santana e do próprio governador, passou a adquirir terras no interior de Pernambuco e de outros estados nordestinos. Desde pequenas propriedades, até gigantescos latifúndios eram comprados da noite para o dia, sendo adquiridas de roldão regiões imensas. A terra era barata em razão da ação da seca e da falta de investimentos. Aqueles agentes estranhos adquiriam tudo que podia ser vendido ao norte do São Francisco, avançando sobre vários estados, passando a controlar, praticamente, todo o sertão nordestino, o chamado polígono da seca. Ninguém entendia a razão de tamanho movimento, de tanto investimento em terras tidas como inúteis, áridas e sem valor, porém ninguém conseguia resistir ao dinheiro vivo em grande quantidade que era oferecido por um pedaço de terras com ou sem benfeitorias.

Enquanto a equipe se esforçava para comprar praticamente todo o sertão, principalmente de Pernambuco, Deraldo viajou para o Oriente, onde, segundo conseguiu apurar a imprensa, visitaria o Japão e Israel. Foi um histórico desafio para os jornalistas que batiam cabeça em busca de informações, em busca de explicações para as estranhas atitudes do notável Assis Santana, que parecia estar louco nos últimos meses. Ele não permitiu a presença de nenhum jornalista em sua viagem, nem mesmo daqueles mais íntimos, que acompanharam toda a sua carreira, trabalhando sob suas ordens diretas em seus jornais, deixando a imprensa em geral em polvorosa.

Um mês depois, voltava ao Brasil, sem que ninguém pudesse arriscar um palpite sobre suas loucuras. Definitivamente, não era viagem oficial. Ele havia deixado o Senado havia meses, abandonado a vida pública de maneira repentina e definitiva.

Imediatamente, o governo do estado de Pernambuco começou a dividir as terras adquiridas em pequenos lotes. A operação conjunta, envolvendo a Secretaria do Interior do governo de Pernambuco e a Fundação Assis Santana, deu início a um assentamento sem precedentes na história do país. Muito se falava no assentamento de sem-terra, de reforma agrária, porém, do lado do governo, nada de concreto acontecia; nada saía do papel. Aquele projeto, sim!

— dizia o povo que recebia as terras — era algo concreto, estava acontecendo e se expandindo por todo o sertão e agreste. A operação tinha a garantia do próprio governador, o homem de inabalável honestidade e de vida pública exemplar que dominava a confiança de todos no Nordeste. Havia, ainda, a promessa de investimentos pesados para melhorar as condições das terras distribuídas, construir moradias, fundar cooperativas, irrigar o sertão, e até falavam em um desvio das águas do São Francisco e canalização de outros rios para levar aos assentamentos condições de produtividade. Diante das promessas do correto governador, amparado pela grande Fundação Assis Santana, que passara a ser administrada pelo próprio Monteiro Filho, os sertanejos passaram a acreditar em dias melhores. Quem não tinha deixado a terra dedicou-se a ela com unhas e dentes; aqueles que haviam deixado o Nordeste, em busca de melhores condições de vida, passaram a acreditar no gigantesco projeto. Muitos retornaram, e até famílias de outras regiões migraram para a nova "terra prometida".

Logo começaram a chegar do Japão e de Israel grandes quantidades de modernos equipamentos e técnicos experimentados em projetos de aproveitamento de terras áridas e improdutivas.

O mundo falava daquele projeto. O polígono da seca, que expulsava seus filhos para as grandes cidades e para o sul do país, que só existia para exportar misérias e frustrações, dava os primeiros passos para transformar-se no gigantesco oásis no Nordeste brasileiro.

As famílias assentadas, com a chegada das equipes de técnicos estrangeiros e os inícios de centenas de obras, sentiram que a confiança em Monteiro Filho não era vã. Começaram a lutar tenazmente e a transformar a paisagem ressequida e abandonada em promissores jardins.

Cestas básicas eram distribuídas nas regiões mais críticas, até que as famílias começassem a colher os frutos daquela incrível investida e, enquanto Deraldo definhava fisicamente, seu projeto se desenvolvia e sua terra florescia e frutificava. Já havia famílias colhendo os primeiros resultados daquela ação. As águas começaram a chegar no sertão através de açudes, canais e poços. A técnica oriental, aliada à eletrificação rural fomentada pelo projeto, realmente surpreendia, comprovando teorias do governador Monteiro Filho e de muitos técnicos brasileiros, que acreditavam que a terra nordestina era boa e generosa, bastando apenas ser cuidada para retribuir o cuidado recebido.

Lendo o jornal, em seu quartinho de hotel, Deraldo, em São Paulo, constatou satisfeito que centenas de famílias por todo o Sul, que haviam deixado suas terras, fugindo do antigo inferno, estavam voltando, atraídas pela nova realidade, pelo milagre acontecido. Fechou o jornal e os olhos, lembrando-se do ceguinho:

Vou vivendo aqui no Sul
Até Deus, no céu azul,
Ter pena da minha mágoa
Jogar água sobre o chão.
Só quando brotar a planta,
Quando voltar asa branca,
Voltarei pro meu sertão.

As atividades de combate à seca no Nordeste eram desenvolvidas com absoluto sucesso pelo incansável governador Monteiro Filho e suas equipes, amparadas pela Fundação Assis Santana, que não poupava esforços nas atividades de pesquisa e adaptação do solo. As condições tornaram-se propícias e uma produção inédita na história do país começou a aparecer na aridez da região esquecida por todos, desprezada pelas autoridades como terra inútil, donde, até então, só podiam tirar o poder através dos currais eleitorais.

Já não havia necessidade da presença de Deraldo à frente do empreendimento, que caminhava por si. Ademais, seu estado de saúde já não lhe permitia constantes deslocamentos através das regiões beneficiadas; tampouco tinha coragem de expor sua degradação, seu aspecto de farrapo, diante da sociedade que tanto havia admirado sua figura imponente, orgulhosa e nobre. Agora, nada mais tinha a fazer neste mundo.

Finalmente, um pouco de alívio surgia para sua pesada consciência; finalmente, estava fazendo em sua vida a foto digna de ficar na história, como lhe recomendava o saudoso Vitalino Mendonça. Encontrara um pouco de paz para sua alma contaminada pela ganância e pela podridão moral. Pela primeira vez, teve consciência do real valor do dinheiro, utilizado daquela forma para lavar a vergonha que sentia das suas últimas quatro ou cinco décadas de vida. Não podia compensar moral e financeiramente a extensa lista de vítimas de sua ganância desenfreada; não podia devolver a vida a tantos outros; podia, porém, amenizar o sofrimento de uma região inteira, de pessoas que padeciam inocentes, fustigadas pela natureza e por omissões de políticos e administradores públicos compatíveis somente com o seu próprio passado.

O Nordeste e o exemplar governador Monteiro Filho eram, agora, no crepúsculo de sua longa jornada de crimes e atrocidades, a tábua de salvação na qual ele se agarrava para pelo menos calar a voz de sua consciência, que o acusava, que o denunciava ao tribunal mais íntimo e implacável que é a análise fria, nua e crua da própria vida.

Fisicamente, estava condenado pela doença; sua vida, tão rica e promissora, não valia mais nada; o homem todo-poderoso, a imagem fantástica, o arco-íris que a imprensa exibia, iria se desfazer, sem nada deixar. Ele, que tivera poder e fortuna — as maiores cobiças que fustigam a vida dos homens —, sentia, finalmente, que nada possuía, que nada herdara para acalentar os seus derradeiros dias. Só lhe restava a satisfação de haver contribuído, como ninguém nunca antes o fizera, para o desenvolvimento daquele projeto em sua terra natal. Sabia que a doença não lhe daria muito tempo. Solitário, no humilde quartinho de hotel, nada mais esperava da vida. Efetivamente, ela só lhe daria dores e o desespero de saber-se degradando, igualando seu corpo à situação de sua alma, podre e irreversivelmente acabada para este mundo onde vivera para amealhar fortuna a qualquer custo.

A cada um será dado conforme seu merecimento, lera-lhe a mãe um dia, com inflexão e ênfase. Sobre a sábia asserção, começou a refletir, concluindo que, pelo que tinha feito com as oportunidades que tivera na vida, justa era sua situação, justiça havia na sua condenação.

Pensou na mãe, na irmã, no cunhado. Lembrou-se com nostalgia nunca sentida da Faisqueira, da infância do menino feliz e despreocupado, arrastando um balaio de mandioca para tratar do porquinho. Os pensamentos já se confundiam em sua mente exausta, mas experimentou nessas lembranças refrigério para seu crepúsculo confuso e turbulento.

Chovia. Naninho folheava o jornal, sentado de frente para Rosinha, que tricotava tranquila, atrás das grossas lentes. Ao som da campainha, a empregada dirigiu-se à porta, para voltar em seguida, anunciando:

— Acho que é um mendigo.

— Dê-lhe algo para comer, determinou a patroa, sem desviar os olhos do tricô.

A empregada preparou um sanduíche e voltou à porta levando também um copo de suco; mas retornou logo, dizendo:

— A pessoa quer falar com a senhora. Solícita, Rosinha levantou-se com preguiça.

Parado, em frente à porta, estava um homem muito pálido, esquelético, as mãos trêmulas e com a barba grisalha por fazer. Usava óculos escuros, um chapéu pendente, cobrindo-lhe quase toda a testa, e uma capa de gola alta. Rosinha não o conhecia. Ficou espantada e curiosa. Ele retirou o chapéu, colocando à mostra os ralos fios de cabelos brancos e, em seguida, os óculos, sussurrando:

— Rosinha... Ela teve um sobressalto. Não podia acreditar.

— Deraldo!, gritou entre lágrimas, abraçando-o afetuosamente diante da empregada estupefata. Ouvindo o rebuliço, Naninho deixou o jornal e correu à porta. Encontrou a ambos abraçados entre lágrimas e sorrisos, sem saber o que dizer. Passado o sobressalto, juntou-se aos dois prolongando aquele emocionante abraço.

Almoçaram às pressas e partiram para a fazenda, a pedido de Deraldo, que passara pela pequena e querida Caconde de maneira fugaz, como um raio, sem que ela pudesse sentir em seu seio a presença do filho mais ilustre, do homem situado entre os mais eminentes do país.

O carro, após a viagem que lhe pareceu durar um século, chegou, finalmente, ao alpendre da casa-grande.

O casal, sentado no antigo banco de madeira rústica, tinha as cabeças encobertas pelas folhas da samambaia que desciam dos vasos. Rosinha foi a primeira a descer.

— Mamãe!, gritou. Quem ouviu foi José Faustino, levantando-se curioso. Logo reconheceu Rosinha e Naninho. Ficou surpreso com o estranho que descia com sacrifício do carro. Ao aproximar-se do trio, foi preciso que Naninho lhe dissesse quem era aquele estranho vulto carcomido. Novos abraços, lágrimas e emoções incontidas explodiram em efusão. Ali, abraçados, sob a garoa, esqueceram-se de Delma. Foi Rosinha quem se recuperou, subindo, apressada, a escada. Pegou, carinhosamente, a mãe pelo braço, levantando-a do banco. Delma deixou-se guiar docilmente pela filha até lá fora. Nada entendia; nada via. Estava cega, estava quase surda, porém tinha pleno domínio de suas faculdades e da memória.

Ouvindo a voz estranha, não reconheceu nela o filho perdido há tantos anos.

Naninho aproximou-a de Deraldo e ele, abraçando-a, murmurou:

— Mamãe... Ela, subitamente envolvida por indizível emoção, apenas soube sussurrar, tateando o corpo, o rosto, as mãos do filho:

— Finalmente você veio, como eu sempre esperei... Já posso morrer...

Afagou a profusão de cabelos brancos da mãe e, então, do fundo de sua memória, despertou da latência a asseveração do Vitalino Mendonça. Pareceu-lhe ouvir nitidamente o velho sábio político a desfiar seu rosário filosófico, dizendo-lhe que "cada fio de cabelo branco pode representar uma vitória na invencível luta contra a morte, se soubermos fazer de nossa vida uma estrada em que cada curva seja uma saudade; uma estrada pavimentada de ações boas e frutíferas; ações que não sejam pedras nas quais possa tropeçar nosso semelhante; espinhos que possam ferir os pés de quem caminha conosco".

Instintivamente, passou os dedos trêmulos pelos ralos cabelos. Pensou que daria tudo que tivesse para voltar pela sua própria estrada, consertando-a, mas nada mais tinha, e eram pedras e espinhos em demasia. Restava sim, como bálsamo, como refrigério, o consolo de se haver utilizado de sua fortuna para pavimentar, pelo menos, o restinho de estrada que ainda tinha a palmilhar, no qual, pouco adiante, na derradeira curva, estava o crepúsculo.

O sol, conseguindo encontrar pequena fresta entre as nuvens, enviou raios tímidos, como se quisesse contribuir para a iluminação daquele palco, no qual cinco corpos se abraçavam, onde cinco almas se misturavam a sentimentos profundos e soluços regados a chuva e lágrimas. Um arco-íris começou a se formar sobre o quadro.

ALGUÉM QUE CHORA

Nasceram no mesmo dia
Ele num quarto de gala
Ela nasceu na senzala
Do jeito que a mãe podia
Como qualquer animal.
Cresceram juntos, porém,
Ele, o rei da fazenda
Ela, escrava nas moendas
A própria imagem do bem
Ele, o retrato do mal.

Nos dois extremos da vida
Ele herdou o império
E nesse mundo de mistérios
Ela herdou as feridas
Da chibata impiedosa.
Duas vidas, dois destinos
Como o espinho e a flor
A serva e o senhor
Ele, o coronel Justino
Ela, a escrava Ana Rosa

Mas Deus escreve no céu
Até pelas linhas tortas
Um dia bateu na porta
Do maldoso coronel
Era a justiça divina.
Seus filhos o destronaram
Ele saiu pelo mundo
Andarilho, vagabundo
E um dia o encontraram
Moribundo na campina.

Quando o Justino acordou
No lar de uma alma pura
Que com amor e ternura
A sua vida salvou
Seus olhos se arregalaram.
A maldade se desfez
E a noite se fez dia
A escrava tinha alforria
E pela primeira vez
Aqueles olhos choraram.

AMIGO

Você é meu porto seguro
De ímpar arrimo e guarida
Onde posso ancorar a vida
E ver passar os meus dias.
É poço de amor tão puro
Embora não tenha ouro
Onde busco meus tesouros
E bebo sabedoria

Zelar por essa verdade
É plantar para os invernos
Madeira de cerne eterno
Adubada com o carinho
Regada com lealdade
Ilibar e pôr no ninho
O orgulho dessa amizade

Ao longo de tantas vidas
Caminhei pelos teus passos
E tropecei em fracassos
Coitado, pobre de mim
Se, humildemente, te invejo
Consola-me o privilégio
De ter um amigo assim

Zelar por essa verdade
É plantar para os invernos
Madeira de cerne eterno
Adubada com o carinho
Regada com lealdade
Ilibar e pôr no ninho
O orgulho dessa amizade

ARQUITETURA DIVINA

(Grupo Momento)

O vento me trouxe do futuro
Num dia escuro, um gosto de fumaça
Desejei a graça de um sol brilhante
De um azul constante no palco do juízo
Tornei-me um Deus e pus-me a projetar
Um mundo sem altar, novo paraíso.

Desprezei a flor já contaminada
Partindo do nada, tentei fazer tudo
Fiz o vento mudo, aboli as leis
Contestei os reis, destruí reinados
E no mundo novo, sem competição
Não criei patrão nem subordinados.

Quis um mundo nosso, de quintais sem muros
Espaço obscuro, astros ignotos
Mar sem maremotos, sem destruição
Da bomba-avião fiz pombas da paz
Não pus no projeto nem dias tempo
Só os bons momentos que a vida nos traz.

Supondo que Deus havia errado
Ao haver criado a espécie humana
No fim da semana alterei os planos
Não criando humanos que a paz impedem
Pois Deus fez o homem com suas sementes
E seus descendentes transformaram o Éden.

O projeto pronto, o mundo perfeito
Julguei haver feito uma perfeição
Mas houve omissão no projeto incrível
Que se tornou impossível de se realizar
Pois só o amor constrói, segundo Jesus
E no mundo eu não pus ninguém para amar.

ASAS QUE VOLTAM

Deixei na minha terra
Entre serras um sol verdugo
Algoz que racha o solo
Carrasco que queima tudo

Sou do Nordeste, senhor,
E se me faz o favor
Ando em busca de trabalho
Preciso de agasalho
Faz frio na minha rede
Sou antes de tudo um forte
Sertanejo é o meu nome
Mas é triste passar fome
Quem quase morreu de sede

Vou vivendo aqui no Sul
Até Deus no céu azul
Ter pena da minha mágoa
Jogar água sobre o chão
Só quando brotar a planta
Quando voltar asa branca
Voltarei pro meu sertão

ASSIM SE FEZ O CÉU

Para ver o céu
Não é necessário
Olhar o infinito
Aqui embaixo ele é real
E muito mais bonito
Na natureza que reveste a terra
Com seu verde manto
E tece em suas cores
As mais simples flores
Como o lírio do campo

É só olhar e ver
O mundo em que vivemos
Olhar com o coração
As belezas que temos
E nas mãos da natureza
O divino pincel
Pra ter como certeza
Que assim se fez o céu.

Não é necessário
Procurar por Deus
No azul do espaço
Ele está presente no filho ensaiando
Seus primeiros passos
Na prece que a ave eleva ao Senhor
Tecendo seu ninho
E em cada coração
Onde houver calor
Amor fé e carinho

É só olhar e ver
As dádivas divinas
Nas gotas que nos legam

A SOMBRA DO ARCO-ÍRIS

As águas cristalinas
As cores infinitas
Do divino mantel
A gente acredita
Aqui se fez o céu

BANDOS E BANDEIRAS

(Grupo Momento)

Tremulam bandeiras cálidas
Em mastros de maestros da ilusão
Pairam sobre a vida ameaças
De armas que buscam solução
São forças que impõem seus ideais
Criadas pela sede de poder
Doutrinam bandos, destroem vidas
Perdidas sem cumprir com o dever

Lábaro empunhado com incerteza
Por mãos roubadas do sertão
Comando de alma indomável
Que embrulha as armas na razão

Tremulam plácidas bandeiras
Em mastros de maestros racionais
Pairam sobre a força dos canhões
Pacíficas mentes imortais
São forças que pregam ideais
Criados pela sede de viver
E sonham desfraldar pendões de paz
Pairando sobre um novo amanhecer

Estandarte arriado em desespero
Estigma de sôfrega cobiça
Trapo abandonado no combate
Lavado pelo sangue da injustiça

BEM-TE-VI

Sou moleque, calças curtas
Com preguiça de crescer
Bem-te-vi, peito amarelo
Sempre quero bem te ver
Não venho de outras bandas
Por aqui mesmo eu nasci
Onde sempre bem te vejo
Prosear, meu bem-te-vi

Te vi, te vi
Bem, bem, bem
Bem-te-vi
Te vi, te vi
Vem, vem, vem
Bem-te-vi

Sou do colo da morena
Das matas de anhangá
Das flores da açucena
Do baile dos tangarás
Do medo de curupira
De caipora e de saci
Onde você bem me vê
Sempre eu também bem-te-vi

Te vi, te vi
Bem, bem, bem
Bem-te-vi
Te vi, te vi
Vem, vem, vem
Bem-te-vi

CACTO

(Trio Virgulino)

Na solidão desse inferno
De primavera a inverno
O sol está sempre em guerra
Nuvens que nascem vão embora
E o céu azul nunca chora
Uma lágrima sobre a terra

No deserto se agiganta
Levanta a planta em espinhos
Valente na solidão
Cacto contendo mágoa
Contraste de água e desgraça
Vida escassa no sertão

Persistente alvo intacto
Cacto alerta sentinela
Um marco nessa aquarela
De terras secas sem flor
Senhor do solo esquecido
Contorcido em sua dor

Sempre verde até parece
Mãos apostas a fazer prece
Pedindo ao sol a paz
Nasceu cresceu e vingou
A planta que Deus plantou
No jardim de satanás

CANTO MORTO

Aqui jaz a minha terra
Não pelas guerras que eu fiz
O que o branco não quis
Que o bem vencesse
Aqui jaz a minha luta
Não que a minha conduta
Fosse indolente
É que o branco ambicioso
Chegou de repente
E não quis que meu povo vivesse

Foi há muito tempo
Quando os homens brancos
Com seus deuses e santos
Chegaram aqui
Nossos curumins, nossas cunhantãs
Esqueceram Jaci, desprezaram Tupã
Por um falso Deus
Que eu nuca vi

Quando os grandes maracatins chegaram
Transformaram nossa crença, nossa cultura
Nos pagaram com a pobre ciência
Com estranhas doenças que a erva não cura

Na verdade minha flecha mata
Mas acata as leis da natureza
Só caço em defesa da minha fome
Quando matam a caça
Que meu povo come, matam meu futuro
A raça, o nome

Aqui jaz o meu passado

Não que o pecado da gula
Me tenha atingido
É que a glória de um povo
Que já foi vencido
Não dirá a verdade
A ninguém jamais
Não será a história
Que ouvi de meus pais

CENÁRIO

Você já viu um caboclo sentado em cima do toco
Afinando a violinha?
Do lado a mulher amada, ao redor a criançada
Um galo e cinco galinhas...
Com a viola afinada ele ensaia uma toada
A família faz o coro
E a cabocla a cantar, cantando com aquele olhar...
De noite vai ter namoro.
Ele canta a sua roça, canta o burrinho, a carroça
O ipê que floresceu
Canta o dia que passou, canta a noite que chegou
Canta o que Deus lhe deu.
Um cadinho de cachaça põe na cantoria a graça
Tira até a dor no corpo
Lá na trempe do fogão, tá fervendo o caldeirão
Com fava e beiço de porco.
Ele escuta o chororó, piando nos cafundós
No alto daquela serra
Pastando no pé do cerro, clamando pelo bezerro
Cá embaixo a vaca berra.
Quando a noite vem caindo, o sol vai se despedindo
Pra dormir lá no poente
No seio da casinhola, quanta harmonia rola
Na humildade dessa gente.
Dá uma vontade danada de dar umas pinceladas
E fazer uma aquarela
Mas salvar esse cenário só num quadro imaginário
É que não cabe na tela.
Tenho esse quadro pintado num cantinho reservado
Na minha imaginação
E nessa tela assim tão pura, ninguém vai botar molduras
De tristeza e solidão.

CHORIM CHORAVA

O avô do Zé Chorim morreu
O Zé Chorim chorou do tanto que doeu
Então o Zé Chorim chorou e foi simbora
Eu falei pra ele ir com Deus
Nossa Senhora

O Zé Chorim nasceu lá na lagoa
Era Chorim porque chorava à toa
O Zé Chorim não tinha mãe nem nada
Somente uma vidinha
Inteirinha chorada

O Zé Chorim morava lá com o avô dele
Era um avô velhinho que brincava com ele
E sempre o avô falava tirando o chapéu
Que a morte pega a gente
E leva lá para o céu

Zé Chorim chorava e o avô dizia
No mundo tudo morre
Eu vou morrer um dia
Que nem a tua mãe que ocê nem conheceu
E o Zé Chorim chorava
Mas o avô morreu

O avô do Zé Chorim morreu
O Zé Chorim chorou do tanto que doeu
Então o Zé Chorim chorou e foi embora
Eu falei pra ele ir com Deus
Nossa Senhora

DESAFIO FATAL

Era sexta-feira santa
A noite vinha caindo
Seu Silvério pôs as botas
E pela porta foi saindo
A mulher lhe perguntou
Para onde estava indo
Vou beber umas cachaças
Lá na venda do Lucindo.

Dona Rosa, religiosa
Respeitava os dias santos
Aconselhou ao marido
Que não abusasse tanto
Era dia de respeito
Jesus Cristo estava morto
A noite era perigosa
O diabo estava solto.

Mas Silvério era ateu
Homem rude frio e bravo
Respondeu para a mulher
Quero ver esse diabo
Eu monto a cavalo nele
E lhe prego as esporas
Só vou parar lá na venda
Não gasto nem meia hora

E calçando o par de esporas
Ainda voltou a brincar
Se me aparece o diabo
É nele que vou montar
Macho nasceu pra morrer
Ninguém pode ser eterno
Eu levo ele pra venda
Ou ele me leva pro inferno

Ainda dando risada
Com orgulho de ser mau
Arreou o burro preto
Que estava no curral
Montou e chegou a espora
Partindo em disparada
A mulher ainda viu
Quando ele sumiu na estrada.

Logo mais os dois meninos
O Bentinho e o Zezé
Foram perguntar à mãe
Se o Pai tinha ido a pé
Porque o tal burro preto
Estava lá no curral
Sem cabresto e sem arreio
No cocho lambendo sal.

Dona Rosa esperou
Até alta madrugada
Seu Silvério não chegava
Nem notícia era dada
Muitos dias se passaram
Ninguém sabia do homem
Diziam que estava morto
Coisa de lobisomem.

Mas há quem diga, porém
Que aquela noite na estrada
Tinham visto um cavaleiro
Em uma besta danada
Que saltava e dava urros
De arrepiar um cristão
Soltando línguas de fogo
No meio da escuridão.

DEIXEM

Deixem cair tempestades
Que lavam as cidades
Que levam esses ares
Deixem crescer esses mares
E o incêndio que nasce
Da pequena chama
O sol se reflete também
Entre águias e mágoas
Nas poças de lama.

Quebrem os espelhos das dores
Que filtram as cores
E refletem a maldade
Deixem passar a verdade
Libertem as mentes de paz e esperança
Deixem brotar ideais
E a semente inocente
Em cada criança.

Calem a voz do trovão
Promovam união
Dividam estes tronos
Deem o que cabe aos seus donos.
Libertem a voz
Protejam o perdão
Aprendam novas palavras
E falem de flores
E não do canhão

ATAÍDE GOUVÊA

E O TANTO QUE É BÃO

Não bebo em copos miúdos
Nem perto da minha sogra
Se for litro eu bebo tudo
Se for garrafão não sobra

Eu saio do bar do Dimas
Me aprumo pra rua acima
Tentando ficar de pé
Mas logo o fogo ataca
De repente a marcha escapa
E eu volto de marcha a ré

Se caio desço a rolar
Até na porta do bar
Entre mesas e cadeiras
E já que estou na porta
Aproveito minha volta
Bebo outra saideira

Depois até perco o rumo
Saio meio fora de prumo
Me apoiando nas beiradas
Com a vista meio turva
Lá vou eu andando em curva
Que nem cobra mal matada

Não bebo em copos miúdos...

Eu ando todo desfeito
Dizem que estou desse jeito
Porque eu bebo demais
Não sei se inchado ou gordo
Com o "figo" faço acordo
Com a ressaca faço a paz

Balanço feito um bocó
Que nem anu no cipó
Com passadas desiguais
E vou naquela toada
Meus passos não rendem nada
Um pra frente e dois pra trás

O alambique engarrafa
Eu teimo e desengarrafo
Seja branca ou amarela
Já diz um ditado antigo
Ou ela acaba comigo
Ou eu acabo com ela

A mulher dana comigo
Diz que a pinga ataca o "figo"
Que pinga não é feijão
Um pouquinho prejudica
Mas pior que tá não fica
E o tanto que é bão?

Não bebo em copos miúdos...

ATAÍDE GOUVÊA

ESPELHO

Espelho,
Onde está aquela criança
Tão cheia de esperança
Que sorria para mim?
Uma imagem virtual
De beleza jovial
Na inocência mirim...

Espelho,
Onde está aquele rapaz
Que você não mostra mais
Forte, belo e sorridente?
Cadê o menino e o moço
Aqueles belos esboços
Que nunca estavam ausentes?

Espelho,
Quem é esse velho triste
Que cansado ainda insiste
Em forjar sorriso franco?
Será que é o menino
Ou o moço, que o destino
Deu tantos cabelos brancos?

Nessa imagem refletida
Tudo é realidade
Registrando o fim da vida
Num turbilhão de saudades
E numa imensidão de vida
Vejo tão longe o passado
Lá sobre as ondas do mar
Em que tenho navegado

FALA, BICHO

A pulga pula
A gansa dança e rebola
O tatu se enrola e rola
O beija-flor beija a flor.
A seriema
Seria a ema pequena?
Que não voa, mas tem pena
O condor voa sem dor,

O elefante
Ele é forte, ele é grande
Elegante e trombeteia
Não se mostra com balido.
O louva-a-deus
Louva a Deus, mas sem rezar
O macaco faz bambá
O gambá peida fedido.

O gato mia
A coruja espia e pia
Tem o tubarão-martelo
E tem o macaco-prego.
A mariposa
Pousa, posa e repousa
Toupeira tem miopia
E o morcego é mais cego

Na comilança
A onça se puder come
Para encher a sua pança
Um **porco POR CADA** fome.
Bicho da mata
Mata pra se alimentar
O que mata por matar
Esse bicho é o bicho homem.

FUGA DA SORTE

(Grupo Momento)

Um pobre velhinho
Na esquina da praça
Passou sua vida
Perdida sem graça
Com a cabeça nas nuvens
E os pés no chão
Vendeu tanta sorte
Com tanta certeza
Falou tanto em riqueza
Sua grande meta
Como disse o poeta
Quem não teve o pão

Olha a vaca, olha a cobra
Vai dar na cabeça
(talvez apareça alguém pra comprar)
Velha frase cansada
Que lhe sai da boca
Da garganta rouca
De tanto gritar

Sabe que no lar
A noite lhe espera
E na sua miséria
Também vai chorar

Na luta inglória
Vendeu fantasias
Na vida vazia
Vendeu esperanças
Como uma criança
De barbas compridas
Passou pela vida

A SOMBRA DO ARCO-ÍRIS

Perseguindo a sorte
Vai passar pela morte
Sem mesmo viver
Na eterna batalha
De um bravo soldado
A morrer cansado
Sem nunca vencer.

LAR, DOCE LAR

Crescentes conflitos que nascem na alma
Invadem a família, fustigam o amor
Germinam algozes sementes do mal
Que brotam raízes de espinhos e dor
Nas luzes fugazes de estrelas cadentes
Os homens de letras, de luta e de cama
Se perdem iludidos em vãs aventuras
Homens que escrevem, que brigam, que amam

Há pais de família que deixam seus lares
E saem armados em busca do pão
Desprezam o trabalho sagrado e honesto
Assaltam e agridem de armas nas mãos
Há homens que empenham a vida na noite
Desprezam o lar pelas damas que vagam
Cometem o pecado de ser infiel
A mãe se revolta e o filho é quem paga

Lar, doce lar
É onde se encontra um pedaço do céu
Guarida de brutos, humildes e fracos
De quem se cansou de aventuras ao léu
Lar, doce lar
Refúgio sagrado, remédio eficaz
É onde se encontra carinho e sossego
Real aconchego de amor e de paz

Os filhos que veem o mundo irreal
Com lentes douradas de ouro e ilusão
Mais tarde percebem que estão errados
E voltam pra casa implorando perdão
O livro editado na escola da vida
Ensina caminhos reais a trilhar
E um dia se aprende a ler nas mensagens
Que todo caminho converge pro lar

A mãe que não soube o que é perdoar
Os pais de família que deixam seus lares
Os filhos que viram nos pais uns quadrados
E as damas perdidas nas noites, nos bares
Tais quais mariposas em busca de luz
Seres errantes sem rumo num mar
Quais ondas cansadas que o vento conduz
Um dia se encontram no lar, doce lar

Lar, doce lar
É onde se encontra um pedaço do céu
Guarida de brutos, humildes e fracos
De quem se cansou de aventuras ao léu
Lar, doce lar
Refúgio sagrado, remédio eficaz
É onde se encontra carinho e sossego
Real aconchego de amor e de paz

ATAÍDE GOUVÊA

MULHER BAIXINHA

Minha mulher é baixinha e nervosa
E com ela não tem prosa
Quando eu chego da gandaia
Ela já grita: sem-vergonha, eu te mato
E lá vem catiripapo sopapo e rabo de arraia.

Minha baixinha não tem dó deste coitado
Vivo todo esfolado de levar surras medonhas
Peço perdão, mas ela não é brinquedo
Confesso que tenho medo
Eu não tenho é vergonha.

Na minha casa sou eu que falo mais alto
Quando ela sobe nos saltos
Retruco na mesma hora
O argumento que ela tem é eu te bato
Manda eu lavar os pratos
E eu grito sim, senhora

Eu desafio a baixinha invocada
Que gosta de dar porradas
Num homem desse tamanho
Vou pra gandaia
Mesmo que ela me mate
Se um dia ela me bate
Outro dia eu apanho

Mulher baixinha não é bom facilitar
Ela manda eu trabalhar
Digo que não tô a fim
Eu levo logo meia dúzia de cascudos
Lá em casa eu mando em tudo
Ela só manda em mim

VERBO DE LIGAÇÃO

Não sou vento que passa rasante
Sou a brisa inconstante perdida
Da torrente que arrasta um galho
Sou orvalho na folha caída

Sou um raio do sol escaldante
Do qual a luz num instante se apaga
Do luar que à terra deslumbra
Sou penumbra da lua que vaga

Sou uma gota no maior oceano
De um ano tão somente um segundo
Do exército de um conflito acabado
Sou soldado buscando meu mundo

Sou semente que o vento semeia
Sou um grito no campo de guerra
E da duna que o vento golpeia
Sou um grão de areia na terra

Sou estrela no espaço infinito
Só um grito no silêncio profundo
Não sou santo, nem lenda, nem mito
Só um filho do dono do mundo

TERRA

Quem senão a terra indulgente
Pode dar a tanta gente
O pão, água e guarida
Quem senão o mais cruel
O homem seu filho infiel
Inventa meios de lhe tirar a vida

Terra, manto verdejante
Traduzido em vida e beleza
Colo gentil que acolhe a todo instante
Mais um ser vivente na sua realeza

Matas, mares, ares
Que da terra emanam
Fontes vitais que os deuses amam
Eterna mãe, indulgente solo
Quantos egoístas dela fez escrava
Quantos miseráveis o seu peito escavam
Tirando o sustento de seu terno colo

Terra, manto verdejante
Traduzido em vida e beleza
Colo gentil que acolhe a todo instante
Mais um ser vivente na sua realeza

Quem, na evolução da algoz ciência
No eterno afã de suprir carências
Vai ter piedade desse eterno abrigo
Pra mostrar que dele é que nasce a vida
E gritar ao mundo que a terra ferida
No fim nos acolhe em seu peito amigo

Terra, manto verdejante
Traduzido em vida e beleza
Colo gentil que acolhe a todo instante
Mais um ser vivente na sua realeza

SAUDADE

Saudade é vida latente
Dentro do peito da gente
Mentindo que está dormindo
Mas brincando com a lembrança
Desperta feito criança
Lá no coração bulindo

É como ave na moita
Igual ao vento que açoita
Águas tranquilas e calmas
E levanta um turbilhão
Que afoga o coração
E invade as praias da alma

É como espinho e rosa
Parece uma dor gostosa
Sem licença nem embargo
Ferrão de abelha com mel
Parece inferno no céu
É doce com gosto amargo

Saudade é coisa sem jeito
Não sei se nasce no peito
Ou se chega lá de fora
É a amante do tédio
É mal que não tem remédio
Visita que não vai embora

Saudade é presença da ausência
Do tempo e certas querenças
Que a vida não apagou
É dor que não se explica
É tudo aquilo que fica
Daquilo que não ficou

PEPINO

Pepino era um cachorrinho
Que ganhei do meu padrinho
Quando eu era molecão
Meu Pepino era pequeno
Mas depressa foi crescendo
E ficou um Pepinão

Meu Pepino é um barato
Meu Pepino late em gato
O seu faro nunca erra
Meu Pepino é cabeçudo
Quando caça late em tudo
Late em água, late em terra

Meu Pepino é duro e forte
Cachorrão de grande porte
E não tem boas maneiras
Quando ainda era novinho
Foi brincar com um molequinho
Arrebentou a coleira

Não é lá muito bonito
É até meio esquisito
Mas perigoso não é
Até baba de alegria
Quando a filha da Sofia
Vem lhe fazer cafuné

Meu Pepino é um barato
Meu Pepino é bom de fato
Gosta muito de caçar
Ele nunca ficou fraco
É chegado num buraco
E adora cavoucar

Ele nunca virou lixo
E quando pega um bicho
Sai babando do buraco
Mas cansado ele relaxa
Fica de cabeça baixa
Dormindo em cima do saco

Meu Pepino é uma brasa
Se você for lá em casa
É melhor me avisar
Que eu seguro o danado
E pegando com cuidado
Até você pode brincar

A SOMBRA DO ARCO-ÍRIS

POR CAUSA DO POETA

Conta uma lenda tão linda
De um tempo distante
Que um dia a lua e o sol
Já foram amantes
Os dois passeavam sozinhos
Tão apaixonados
Pelos caminhos do céu
Como dois namorados

O sol era um príncipe de ouro
E a lua a princesa
Num reino lá perto de Deus
Muito além das tristezas
Jogavam seus raios de amor
Sobre rios e matas
Envoltos num cortejo brilhante
De estrelas de prata

Um dia a lua notou
Que por ela inspirado
Um moço fazia seus versos
Muito apaixonados
E vendo que os poetas viviam
A namorá-la
Tornou-se amante de todos
Que pôde inspirar

Por isso é que todo poeta
Pra lua prateada
Faz versos dizendo ser ela
Sua namorada
E o sol queimando em ciúmes
Mudou seu caminho
Deixou a lua ingrata
E foi vagar sozinho

ATAÍDE GOUVÊA

Assim as estrelas de dia
Nunca mais brilharam
A lua e o sol lá no céu
Nunca mais se encontraram
O sol passeia sozinho
Em suas andanças
E a lua namora os poetas
Enquanto ele descansa

CONTATOS:

Ataíde Gouvêa

Rua João Orrico, 399 – Vila Brita

CEP 13770-000 – Caconde – SP

Telefones: (19) 36621244 (residência) – (19) 981334297 (celular)

E-mail: ataidegouvea@yahoo.com.br